お嫁さんにしたい
コンテスト
1位の後輩に
弱みを握られた
言うこと
聞いて
くださいね♥

「わたしが先輩の弱みを握っていること、忘れちゃったのかにゃあ？」
朝日さんはスマホをかざしながら、俺の顔を覗き込んできた。
もはや、全面降伏以外に道はないようだ。

「先輩は負けず嫌いなんですね。
意地でも屈服させたくなりました♪」

「この曲がこれから生で聴けるかもしれないと思うと、テンションが上がりますね……!!」
「きっと俺たちは、今日のリアルイベントを観るために生まれてきたんだろうな」

東京遠征！
「間違いないですね。わたし最近、定期的に推しの成分を摂取しないと、体に異常を来してしまうんですよ」
「俺もだ。試験勉強中はエンドレスリピートさせていた」
「わたしたちって、似たもの同士ですね」

朝日優衣奈《あさひ・ゆいな》

朝日優衣奈と申します。高校１年生です。趣味はお菓子作りと、小学生の姪と遊ぶこと。それから推している声優さんを眺めることです。

朝日さんは料理や裁縫が得意で、女子力が高いよな。

えへへ、ありがとうございます♪ あと食べることも好きですね。

お嫁さんにしたいコンテストに出場したのは、優勝賞品の『食堂のタダ券１週間分』がほしかったからなんだっけ？

はい。コンテスト自体にはまったく興味がありませんでした。

辛辣……。

賞品のタダ券を使って、食堂で一番高い焼肉定食を１週間、毎日食べ続けました。他人のお金で食べる焼肉以上に美味しいものはこの世に存在しないと思っています。

痩せているのに、発想が食いしん坊だな……。

不破大翔 ふわ・ひろと

不破大翔、高校2年生だ。趣味は推している声優さんの活動を追うことで、長所は勉強が得意なことだな。

勉強が得意だって言い切るのがすごいですね。先輩はずっと学年1位をキープしているから、納得するしかないですけど。わたしは勉強が得意じゃないので、才能を分けてほしいです。

それを言ったら俺も、朝日さんのコミュニケーション能力の高さを分けてほしいよ。

先輩の場合、自分から距離を取っている感じがしますけどね。わたしたちが初めて会話した日なんて、先輩は話の途中で走って逃げたじゃないですか。

そういえば、そんなこともあったな。

先輩は簡単には他人を信用しないですし、何を考えているのかわからなくて、話が通じないこともありますよね。

……多少は反省をしている。

そんな気難しい先輩ですが、猫に話しかけたりする可愛い一面もあるんですよね♪

やめろ。
その話は二度とするな。

神崎真桜《かんざき・まお》

わたしたち２人の最推しの人気声優さんです。真桜さんの魅力を語り始めたら、どれだけ時間があっても足りません。

一言で説明すると、
女神様だな。

間違いないですね。
わたしたちにとっての
唯一神です。

将来的には神崎真桜さんを祀る神殿が造られるんじゃないかと考えている。

むしろわたしたちで
造っちゃいましょうか？

最高だな。
前向きに検討しよう。

お嫁さんにしたいコンテスト1位の後輩に弱みを握られた

岩波 零

MF文庫J

contents

口絵・本文イラスト：阿月 唯

第１話　お嫁さんにしたいコンテスト１位の後輩に弱みを握られる

高校生活は、弱みを見せたら負けだ。

俺のようなコミュニケーション能力の低い人間は、普通に生きていたらスクールカーストで下位層にされ、陽キャラにマウントを取られる。

一度でも失敗すれば揚げ足を取られ、拡散され、さらにヒエラルキーが下がる。

負のスパイラルだ。

しかし、弱点のない人間など存在しない。

だからこそ、虚勢を張り続けなければならない。

優等生という仮面を被《かぶ》り、自分は完璧な人間だと誇示するために、勝ち続けなければならないのだ。

そして、自分を偽って高校生活を送るのなら、付き合う人間は慎重に選ばなければならない。

他人の失態を喜ぶ人間に、決して隙を見せてはならないのだ。

10月22日、金曜日の放課後。

高校の近くにある書店の駐輪場で待機している俺は、店から出てきた同級生と取引を開始する。

「例のブツは手に入ったか?」

そう問いかけると、彼は頷《うなず》いた。

「ああ、何も問題はなかった」

「誰にも見られなかっただろうな?」

「僕を誰だと思っているんだ? そんなヘマはしないさ」

彼はそう言って、ニヒルな笑みを浮かべた。

こいつの名前は影山忍《かげやましのぶ》。クラスメイトだ。

中学時代からの知り合いで、俺が今の学校で唯一信頼している人物である。

影山は口が堅く、友達が少ない。

友達がいないヤツほど、信頼できる人間はいない。他人に俺の秘密を話す機会がないからな。

「よし、これは報酬だ」

封筒に入った7700円を手渡し、かわりに影山からレジ袋を受け取って、すばやくバッグにしまう。

レジ袋の中身は、本日発売したアニメ『神殺《かみごろ》しの巫女《みこ》』のブルーレイ1巻である。

ヤバい取引をしている風だったのは、単なる小芝居だ。俺たちは2人だけの時、その場のノリでこういう意味のないやり取りをする。

「大翔《ひろと》のかわりに買うことで僕はポイントがもらえるから別にいいんだけど、アニメのブルーレイくらい自分で買えばいいんじゃないの？」

売人の演技をやめた影山が、半笑いで質問してきた。

「ダメだ。もし誰かに見られたら、俺のイメージが崩れる」

今の時代、美少女アニメを観《み》ているからといって迫害を受けるようなことはない。

しかし、ヒエラルキーが低下することは避けられないだろう。

「大翔って本当、自分を演出するのが好きだよね。優等生に見られるためにテストで学年1位を取り続けたり、休み時間に哲学書を読んでいる振りをしたり」

「カントの『純粋理性批判《じゅんすいりせいひはん》』はさすがに難しすぎたから、最近は孔子《こうし》の『論語《ろんご》』を読んでいる振りをしている」

「どっちも知らないし、結局読んでいる振りなんだね」

「俺だってできることなら、休み時間くらい肩の力を抜いて、知能指数の低い話題で盛り上がりたいって思うこともあるよ。だけど、今さら後には引けないからな」

「大翔がいろいろなものを犠牲にして着飾った結果、クラスの女子はすっかり騙《だま》されて、大翔《ひろと》に羨望の眼差《まなざ》しを向けてるわけだしね」

「同じクラスの女子に小声で噂《うわさ》されているという状況は、最高に気分がいい」

「でもさ、女の子と付き合いたいっていう気持ちはないんだよね？」

「そんなことはないぞ」

「じゃあ誰かに告白しないの？　成功率かなり高そうだけど」

「……俺は成功率100パーセントじゃないと動きたくない。もし振られたら、さらし者にされそうだし」

「さすがに警戒しすぎだと思うけど」

「仮に彼女ができたとしても、別れた後で俺の性癖を暴露される危険があるし」

「なんで付き合う前から別れた後のことを心配しているの？」

「とにかく、うちのクラスにはリスクを冒してまで付き合いたいと思う対象はいない」

「可愛《かわい》い子もいると思うんだけどなぁ。大翔が付き合いたい女の子の条件は何なの？」

「自分でもわからん」
・・・
あの人に比べたら、みんな低レベルに感じてしまうし……。

「もしかすると俺は、女性に求める外見のレベルが高いのかもしれない」

「芸能人クラスのルックスが必要ってこと？」

「そんな美女が俺を恋愛対象として見てくれるかどうかは別として、希望する条件はそうだな」

「なるほど。芸能人に匹敵するレベルの美女は、うちの高校にはいないかもね。

　──あっ、でも、先月の文化祭の『お嫁さんにしたいコンテスト』で1位だった1年の朝日優衣奈《あさひゆいな》さんは、芸能人にも負けないルックスだったよ」

「俺、文化祭はサボったから、そのイベント見てないんだよな」

「僕も結果だけ見たんだけど、信じられないくらい美人だったよ」

影山《かげやま》はそう言いながらスマホを操作し、優勝者のプロフィールを表示させる。

そこには、人気アイドルと見まごう美少女の写真が載っていた。

光沢のある長い黒髪に、ブルーダイヤモンドのように輝く瞳。

高い鼻と、ピンク色のぷっくりした唇。

すべての顔のパーツが完璧なバランスで配置された美少女が、晴れ渡った青空のような笑みを浮かべている。

「たしかに、顔面偏差値がものすごく高いな。ぶっちぎりで優勝してそうだ」

「でしょ？」

「けどさ、影山は実物を見ていないんだろ？　この写真、どうせ加工しているんじゃないか？」

「そうかなぁ」

「加工なしでこのレベルの美少女が、宮城県《みやぎ》にいるとは思えない」

「いや、宮城出身の有名人って、けっこういるからね？　それに、コンテストでは実際にこの朝日優衣奈《あさひゆいな》って子が優勝しているわけだし」

「それもそうか……。これだけ美人だったら、大して努力しなくても、生まれた瞬間に成功することが約束されているんだろうな」

「たしかに、人生イージーモードだろうね」

「憎たらしい」

「見ず知らずの美少女に敵意を向けないでよ」

影山《かげやま》は苦笑いした後、スマホで現在時刻を確認する。

「あっ、僕、そろそろ帰らないと」

「ありがとう影山、今日は助かったよ」

「うん。じゃあまた月曜日に学校で。……いつか大翔《ひろと》も、身近な女の子を好きになれるといいね」

自転車にまたがった影山はお節介なことを言って、そのまま走り去っていった。

俺はバッグに入っているブルーレイの感触を確かめながら、駅に向かって軽快に歩き出す。

影山から受け取ったブルーレイを早く開けたいが、誰かに見られるわけにはいかない。

家まで我慢しなければ。

アニメ本編自体は月額制の動画配信サービスでいつでも観《み》られるのだが、このブルーレイには、主演の女性声優さんが歌うキャラクターソングＣＤが同梱《どうこん》されているのである。

その主演声優の神崎真桜《かんざきまお》さんは、俺の最推しなのだ。

神崎真桜さんは信じられないレベルの美人であり、いつもＳＮＳでそのお姿を拝見しているせいで、同じクラスの女子が低レベルに感じてしまうのである。

ちなみに、神崎真桜さんを推していることは、影山にも内緒にしている。バカにされるに決まっているからな。

ああ、早く家に帰って、キャラソンを聴きたい……!!

さらに、このブルーレイには『イベントチケット優先販売申込券』も封入されている。

イベントチケット優先販売申込券とは、ブルーレイの発売を記念して行うリアルイベントの先行抽選に申し込む権利を得るためのものである。

チケットを手に入れるチャンスは先行抽選販売と一般販売の２回あるのだが、人気声優さんが何人も出演するイベントのチケットを一般販売で手に入れるのは至難の業だ。

なので絶対にイベントに参加したい人は、ブルーレイを買って先行抽選販売に応募することになる。

もっとも、ブルーレイを買っても、抽選に外れたらチケットは手に入らないのだが。

リアルイベントは、推しを生で見る貴重なチャンスだ。本当ならブルーレイをたくさん買って当選確率を上げたい。

しかし、バイトをしていない高校2年生にそこまでの財力はない。

俺にできるのは、当選を祈ることだけである。

そんなことを考えながら歩を進めていると、視界の端で白い小さなものが動き、鈴の音《ね》が鳴った。

足を止めて周囲を見回すと、可愛《かわい》らしい白猫がこちらをジッと見ていた。首輪がついているので、飼い猫なのだろう。

あまりの可愛らしさに、吸い寄せられるように近づいていく。

もちろん、猫が体内にたくさんの雑菌を有していることは知っている。手を噛《か》まれたりしたら、どんな病気になるかわからない。

だが、この可愛さはスルーできない。

猫のことは少し前まで苦手だった。子どもの頃に突然手を噛まれたことがあり、トラウマになっていたのだ。

しかし神崎真桜《かんざきまお》さんが最近猫を飼いはじめ、愛猫《あいびょう》に「ご飯の時間だにゃあ」とか「お仕事に行ってくるにゃあ」などと猫語で話しかける動画が頻繁にＳＮＳに上げられるようになり、観《み》ているうちに俺も好きになった。

この感情の変化には自分でも驚いているのだが、信者というのは、推しが好きなものは無条件で好きになる生き物のようだ。

俺は少しずつ白猫に近づいていくが、逃げ出す様子はない。

そのまま距離を詰めてしゃがみ、おそるおそる手を伸ばしてみると、喉に触らせてもらえた。なんと人懐っこい猫だろうか。

「可愛いなぁ。散歩中なのか？」

もちろん白猫は答えないが、気持ちよさそうに喉を鳴らしたので、調子に乗ってなでまくる。喉だけでなく頭までも。

「触らせてもらったお礼に何かあげたいけど、食べ物は持ってないんだよなぁ……」

そもそも、猫がどんなものを食べるのか、どんなものを食べられないのかを俺はよく知らない。

「にしても、本当に可愛いにゃあ。お前はなんていう名前なのかにゃ？」

「――猫、お好きなんですか？」

突然、背後から話しかけられ、心臓が止まりかけた。

すぐさま振り返ると、ビックリするほど可愛《かわい》い女の子が微笑《ほほえ》みを浮かべて立っていた。

なぜかこちらにスマホを向けている。

その顔をよく見たら、例のお嫁さんにしたいコンテストで1位になった朝日優衣奈《あさひゆいな》さんだった。

ついさっき影山《かげやま》に画像を見せられて加工を疑ったが、あれは濡《ぬ》れ衣《ぎぬ》だった。

実物は期待を上回るレベルの、とんでもない美少女だったのである。

しかし、心臓の鼓動が激しくなっている原因は、美少女に話しかけられて緊張しているからではない。

……今の「本当に可愛いにゃあ。お前はなんていう名前なのかにゃ?」という発言を聞かれてしまっただろうか?

あまりに猫が可愛かったので、推しの動画を何度も観《み》ているうちに頭にこびりついてしまった猫語を、つい使ってしまったのである。

一生の不覚だ。ここが公共の場であることを忘れていた10秒前の自分をぶん殴りたい。

だが、悲観《ひかん》するのはまだ早い。割と小声だったから、聞こえていない可能性もあるわけだし。

――さて、どうしよう。思い切って質問してみるか?

もし聞かれていたらしばらく立ち直れないが、朝日《あさひ》さんとは学年が違うから、変な噂《うわさ》は流されないだろう……。

そう考え、睨《にら》むような視線を向けると、朝日さんは申し訳なさそうに頭を下げた。

「あっ、すみません。ほほえましい光景だったので、思わず動画を撮ってしまいました」

「——なっ、なんだと⁉」

一気に血の気が引いた。

まさか、想定していた最悪を下回る事態が起きようとは……‼

道ばたで猫に話しかけている動画が出回ったら、これまで築いてきた優等生のイメージがぶち壊しになってしまう……‼

焦った俺は、立ち上がりざまに頭を下げる。

「お願いだから今のは見なかったことにして、動画は削除してくれ……‼」

「えっ？　そんなに嫌なんですか？」

「当たり前だろ。猫に話しかけているところを見られたら、人格を疑われる」

「そんなことないですよ。猫に話しかける人って、よく見かけますし。それに、先輩みたいな学年1位の優等生が無邪気に猫とたわむれている姿を見たら、特に女子はギャップ萌《も》えしますって」

「いや、ギャップ萌えなんてするわけないだろ」

そう否定しながら、ふと疑問に思った。

朝日さんは今、「先輩みたいな学年1位の優等生」と言ったか？

もしかして、身元がバレている？

「ちょっと待て、なんで俺が学年1位だって知っているんだ？」

「部活の先輩が噂していたんですよ。入学してからテストでずっと1位を取り続けている男子がうちのクラスにいるって」

「なるほど……」

まさかクラス外でも噂されているとは。

ピンチに陥《おちい》ったことで知り得た、ちょっと嬉《うれ》しい情報である。

「でも、なんで噂を聞いただけで、それが俺だってわかったんだ？」

「その先輩が隠し撮りした写真を見たからです」

「――えっ？　俺って隠し撮りされているの？」

「はい。シャッター音を消すアプリを使ったらしいです」

「ガチの人じゃん……」

「というわけで、その盗撮した先輩にこの動画を見せて、ギャップ萌えするかどうか聞いてみますね」

「絶対にやめてくれ」

考え得るかぎり最悪の動画活用法である。

「頼む、動画を消してくれるなら何でもするから……!!」

「何でも……ですか?」

その瞬間、朝日《あさひ》さんの青い瞳が怪しく輝いた。

「それじゃあ、先ほど先輩が手に入れたブルーレイについて、詳しく聞かせてください」

「っ⁉ ななな、なんのことかな?」

「とぼけないでください。ご友人が購入した『神殺《かみごろ》しの巫女《みこ》』のブルーレイを受け取っていましたよね? わたし、店内でご友人が会計するところを見ていたんです」

「マジで……?」

影山《かげやま》のヤツ、ドヤ顔で「僕を誰だと思っているんだ? そんなヘマはしないさ」って言っていたのに……!!

「先輩、正直に教えてください。そのブルーレイに封入されているイベントチケット優先販売申込券を使う予定がありますよね?」

「なっ、なぜそれを……⁉」

動揺する俺を見て、朝日さんはいたずらっ子のように笑った。

「ちょっと場所を変えてゆっくり話しましょうか。この動画を流出させたくなかったら、どの声優さんが最推しなのか、正直に教えてください」

こうして朝日さんに先導され、すぐ近くにある公園に移動することになった。

弱みを握られている俺に拒否権はないので、大人《おとな》しくついていく。

俺はこれから、どんな目に遭うのだろう？

そもそも、リアルイベントに参加しようとしていることがバレているのは、一体なぜなんだ。

イベントチケット優先販売申込券が目的でブルーレイを買ったことは、影山にも話していないのに……。

このまま証拠を掴《つか》まれ、声優オタクとして吊《つる》し上《あ》げられるのか？　いっそ逃げた方がいいのでは？

しかし、先ほどの動画を放置しておいたら、何をされるかわからない。

どうにか朝日さんのスマホを操作して、動画を削除したいが……。

結局、考えがまとまらぬまま公園にたどり着き、2人で並んでベンチに座ることになってしまった。

☆　　☆　　☆

「申し遅れました。わたし、1年の朝日優衣奈《ゆいな》と申します」

朝日《あさひ》さんはこちらに体を向け、頭を下げた。

動揺が顔に出ないよう、全力で平静を装う。

「俺は2年の不破大翔《ふわひろと》だ。朝日さんって、今年の文化祭で行われたお嫁さんにしたいコンテストで1位だったんだろう？　すごいじゃないか」

「それほどでもありますね」

「否定しないのかよ」

「1位だったことを謙遜するのは、他の出場者に失礼だと思いませんか？」

「たしかに、他が全員ブスだったから優勝できたって聞こえる可能性はあるな」

「別にブスとまでは言っていませんけど……。

先輩だって隠し撮りされるくらい人気なんですから、『お婿さんにしたいコンテスト』に出れば優勝したかもしれませんよ？」

「そういう俗っぽいイベントには興味がない」

「でも、優勝すると食堂のタダ券が1週間分もらえるんですよ？」

「何その微妙な景品……」

「いやいや、素晴らしい景品じゃないですか。好きなメニューが無料になるんですよ？」

朝日さんは両手を握りしめ、力説してくる。

「わたしは毎日、食堂で一番高い焼肉定食を食べました。最高でした。他人のお金で食べる焼肉以上に美味《おい》しいものはこの世に存在しないと思います」

「もしかして朝日さんって、食堂のタダ券がほしくてコンテストに出たの？」

「当たり前じゃないですか。ほしい賞品がなかったら、あんな面倒なコンテストには出ませんよ」

「…………」

発想がすごく庶民的だった。

見た目を競うコンテストに出るような人間は自己顕示欲が強くて、自分の美貌を民衆に知らしめようとしているんだと思っていたが……。

「――さてと。自己紹介はこのくらいにして、本題に入りますね」

朝日さんはそう宣言して姿勢を正し、質問してくる。

「ブルーレイ発売記念イベントに出演する声優さんのうち、先輩はどなたを推しているんですか？」

「黙秘します」

「先輩に黙秘権があると思っているんですか？　さっき、『動画を消してくれるなら何でもする』って言いましたよね？」

朝日さんはそう言って、心底楽しそうに笑った。

「誰にも言いませんから、教えてくださいよ」

「『誰にも言いません』っていうのは、この世で最も信用できない文言《もんごん》だと思わない？」

「そんなことありませんよ。わたし、口は堅いんです」

「知り合って10分も経《た》っていない君のことを、どうやって信用しろと？」

「先輩、性善説って知っていますか？」

「善人は動画をネタに他人を強請《ゆす》ったりしないと思う」

「おっしゃるとおりですね。痛いところを突かれました。——それじゃあ、わたしの推理をお話ししますね」

「推理……？」

「先ほど先輩は子猫に猫語で話しかけていました。そして『神殺《かみごろ》しの巫女《みこ》』のメインキャストの中に、最近猫を飼いはじめ、猫とたわむれる動画を頻繁に上げている方がいます。先輩はその動画を観《み》ているうちに、猫語が移ってしまったのではないでしょうか？」

「っ⁉」

この子、なんでそれを……⁉

「い、いや……それは……」

「嘘《うそ》はいけませんよ？　この真桜《まお》さんの画像に向かって、本当のことを言ってください」

言うが早いか、朝日《あさひ》さんはスマホに神崎《かんざき》真桜さんの画像を表示させ、こちらに向けてきた。

それは今年の5月に行われたライブで熱唱している神崎真桜さんだった。

ステージ衣装も相まって、神々《こうごう》しいまでに美しい。思わず頬《ほお》が緩む。

「えへへ、答えを聞くまでもないですね。真桜さんに向ける笑顔で、先輩の気持ちがわかっちゃいました」

「うぐっ」

「真桜さんのことを、推しているんですね？」

「な、なんのことかな」

「先輩、往生際《おうじょうぎわ》が悪いですよ」

「…………」

当たり前だ。認めるわけがないだろう。

俺は中学時代、教室で好きな女性芸能人を発表する罰ゲームをやることになり、巨乳のグラビアアイドルの名前を言ったら女子たちから「気色が悪い」と罵られ、学校生活が暗黒に突入した経験がある。

いくら成績が良くても、俺なんて所詮、グラビアアイドルが好きなだけで株が暴落する人間なのだ。

だからあの日からずっと、他人に弱みを見せないように生きてきた。

決して同じ失敗をくり返さないように。

「ていうか、なんでそんなに神崎真桜《かんざきまお》さんに詳しいんだ？　そもそも、それだけ早く画像を表示させられたってことは、もしかしてスマホに保存しているのか？」

「はい。実はですね……」

朝日《あさひ》さんは自分のバッグに手を入れたかと思うと、俺の目の前に『神殺《かみごろ》しの巫女《みこ》』のブルーレイを突き出してきた。

「わたしの最推しも真桜さんなんです」

「──えっ⁉　マジで⁉」

このアニメは男性向けなので、まさか朝日さんもブルーレイを買っているとは思わず、驚きすぎて思考停止した。

しかし、これで1つ謎が解けた。朝日さんがさっきの書店で影山《かげやま》に注目していた理由は、自分と同じブルーレイを買っていたからだったのだ。

「ところで先輩。今わたしは『わたしの最推しも』って言ったのに、否定しませんでしたね？」

「──あっ」

「もう一度聞きます。真桜さんのことを推しているんですよね？」

朝日さんは前傾姿勢になり、大まじめな表情で聞いてきた。

もう完全にバレている。ごまかすのは無理そうだ。

「……そうだよ。俺は神崎真桜さんが出演するイベントに参加したくて、ブルーレイを買ったんだ」

腹をくくり、白状した。

まさかこんな美少女に問い詰められて、好きな女性声優さんを自白させられる日が来ようとは……。

「やっぱりそうだったんですね。早く言ってくれればいいのに～」

朝日さんは笑顔になり、質問を重ねてくる。

「ちなみに、先輩の推し歴はどのくらいですか？」

「……推すようになってからは、まだ半年くらいかな。ちょっと事情があって、今年の春から神崎真桜さんの活動を追うようになったんだ」

にわかファンを装うことも考えたが、あまり意味がなさそうなので、正直に答えた。

「だからさっきの画像が、今年の5月に行われたライブのものだっていうこともわかる」

「えっ？　衣装だけでいつのライブかわかるんですか？」

「そりゃあ、神崎真桜さんのライブはエンドレスリピートして、そのお姿を目に焼き付けているからな。……気色悪くてごめん」

「とんでもないです！　コアなファンと知り合えて嬉《うれ》しいですよ！」

朝日さんは目を輝かせ、さらに前のめりになった。

「さっそく、神崎真桜《かんざきまお》さんの素晴らしさについて語りましょう！　周囲に声優さんに詳しい人がいなくて、ずっと語り合う仲間がほしかったんです！」

「お、おう？」

「真桜さんって演技も歌もダンスも上手《うま》くて、さらに司会も絵も上手いという完璧超人じゃないですか？　でも最初は演技以外は全部苦手で、スキルを求められる度に努力して身につけてきたって知っていますか？　ファンを楽しませるために自分の苦手なことに挑む姿勢、そして努力を楽しむ姿を見て、わたしは真桜さんを推すようになったんです！」

困惑している俺に向かって、朝日《あさひ》さんは早口でまくし立てた。

どうやら、純粋に同好の士と意見交換をしたいだけのようだ。

俺を貶《おとし》めようという狙いがないなら、警戒する必要はないか……。

「もちろん俺も、神崎真桜さんがデビュー当時は歌もダンスもイマイチだったというのは知っている。ちょくちょく他の声優さんにイジられているからな。でも苦手なままで終わらせなかったからこそ、応援したいと思うんだ」

「ですよね！」

「ちなみに俺は、神崎真桜さんがイベントの度に髪型を変えて、ファッションにも小ネタを入れて、ファンを楽しませようとするところも素晴らしいと思っている」

「わかります！　その時アニメで自分が演じているキャラに合わせて、衣装や髪の色を変えるんですよね！」

「わざわざ髪を染めるっていうのは、すごいことだよな。今は金髪だけど、ちょっと前までの茶髪も美しかった」

「デビュー当時の黒髪も、清楚《せいそ》で可愛《かわい》かったですよね」

「顔面が完璧だから、すべての髪色が似合うんだよな」

「きっと赤やピンクも似合うでしょうね」

「間違いないな。だけど、そこまで奇抜な髪色はやめてほしいという気持ちもある」

「でも真桜さんだったらやりかねないですよね」

「神崎真桜さんって、かなりファンサービスに力を入れているからな。SNSではファンからのメッセージにけっこう返信しているし、ラジオでもなるべくたくさんメールを読もうとするし。そういう言動からにじみ出る人の良さがあるから、いつまでも推し続けたいと思うんだよな」

「わかりみが深い……!!　真桜さんは現在3つのラジオ番組でレギュラーをやっていますが、先輩はどれを聴いてるんですか？」

「もちろん全部だ。他のラジオにゲスト出演する場合は必ずチェックするし、動画サイトで時々やっているゲーム実況は必ずリアルタイムで視聴している」

「これは本物の同士の予感……!!　ちなみに、真桜さん以外の声優さんの活動もチェックしているんですか？」

「一応、SNSをフォローしたり、毎週ラジオを聴いている声優さんは他にもいる」

それが全員女性声優であることは黙っておこう。

「でも、このレベルで活動を追いかけているのは神崎真桜《かんざきまお》さんだけだ」

「わたしもです！　先輩、これは運命ですよ！　同じ高校の先輩後輩で同じ声優さんを最推しにしている2人が出会うなんて！」

朝日《あさひ》さんは興奮のあまりベンチから飛び上がった。

「わたしは今、猛烈に感動しています！　先輩が女の子だったら抱きしめているところですよ！」

「いや、神崎真桜さんのSNSのフォロワーって10万人くらいいるし、神崎真桜さんだけを推してるオタクなんて、掃いて捨てるほどいるんじゃないか？」

「なんでそういうことを言うんですか！」

「事実を述べただけだ。まぁ、確率的には割とすごいのかもしれないけど」

「ですよね！」

朝日さんは満足げに言った後、ベンチに座り直した。

「ところで先輩、これが運命的な出会いだということを踏まえた上で、わたしと協力関係を結びませんか？」

「協力関係？　何をするんだ？」

「大きい声では言えないことなので、ちょっと耳を貸してください」

言うが早いか、こちらを向いた朝日さんが、美しすぎる顔を近づけてきた。

下手《へた》に動いたら、右腕が女性特有のふくらみに接触してしまうのではないかという距離感である。

状況がわからず動けないでいる中、朝日さんは右手を使って、自分の口元と俺の耳を繋《つな》いだ。

「わたしたちが1枚ずつ持っているイベントチケット優先販売申込券では、一度に2名まで申し込むことが可能なんです。この意味がわかりますか？」

小声で囁《ささや》かれ、耳元に優しい吐息がかかった。

あまりにドキドキしすぎて、内容がまったく頭に入ってこない。

「つ、つまりどういうことだ？」

「先輩は鈍いですね。わたしと先輩それぞれが2名で申し込んで、当選確率を2倍にするのはどうでしょうというお誘いですよ」

「な、なるほど」

「素晴らしい思いつきだとは思いませんか？　わたし、絶対にこのイベントに参加したいんです。その気持ちは先輩も同じですよね？」

「も、もちろんだ」

「よかったです」

朝日《あさひ》さんは笑顔で言って、内緒話を始める前の体勢に戻った。

動揺しまくっていた俺の心も、徐々に落ち着きを取り戻していく。

「それじゃあ、契約成立ということでいいですよね？」

「いや、2名で申し込むというのは断る」

「――えっ⁉」

断られるとは夢にも思っていなかったらしく、朝日さんは両目を見開いた。

自分のような美少女の申し出を断る男はいないと思っていたのだろう。少し胸がスッとした。

「な、なんで断るんですか⁉」

「俺は神崎真桜《かんざきまお》さんが出演するイベントに行ったら、正気を保っていられる自信がない。ずっとニヤニヤしているだろうし、見苦しい言動をするかもしれない。そんな姿を同じ学校の後輩に見られたくないという気持ちが働き、イベントを100パーセント楽しめないはずだ」

「いやいや、わたしが隣にいることなんか、気にしなければいいじゃないですか」

「無理だ。常に頭の片隅で、横にいる朝日さんに『うわー、こいつハシャいでるなー』って思われているかもしれないって考えてしまう」

「自意識過剰ですよ。わたしだってイベントに集中しているわけですし」

「自意識過剰だっていうのは、自分でもわかっている。だけど俺はそういう人間なんだ」

俺だって、できることなら他人の目を気にせず、もっと自由に生きたい。

でも性格的に無理なのだ。

「というわけで、推しが出演するリアルイベントは、知り合いの目を気にすることなく、1人だけで楽しみたい」

「先輩って、けっこう面倒くさい人ですね」

「それも把握している。俺のような人間と一緒にイベントに行っても楽しくないから、やめておいた方がいいぞ」

「先輩は自分のネガティブポイントをアピールするのが上手《うま》いですね」

「俺も初めて知った才能だよ」

普通に生きていたら、明らかに不要な才能である。

「たしかに、先輩の言うことには一理あるかもしれません。同士と出会えたことに興奮していましたが、冷静になってみたら、わたしたちはまだお互いのことをぜんぜん知らないわけですしね。現段階で一緒にイベントに申し込むのは、リスクがあるかもしれません」

「だろう？」

「ですが、わたしとしてはチケットの当選確率が2倍になればそれでいいので、同行する先輩がどんな最低人間だろうと関係ありません。先輩が借金まみれだろうと、二股をかけるようなクズだろうと、チケットが当たったのであれば喜んでご一緒します。危害を加えられないよう、スタンガンなどで武装した上で、ですけど」

「強い」

「というわけで、わたしに諦めさせるのは諦めてください」

「厄介すぎる」

「とはいえ、スタンガンは重そうなので、できればイベントには持っていきたくありません。そこで今日から、先輩の人間性を探ろうと思います」

「――えっ？　どういうこと？」

「先輩と一緒にイベントに行く場合、スタンガンを所持する必要があるかをチェックするんです。それと同時に、先輩にもわたしのことを知ってもらって、一緒にイベントに行っても問題ないと思ってもらいたいです」

「………………」

おかしい。なんだこの展開は。

諦めてもらうはずが、逆に面倒くさい事態になったような……。

「先輩、イベントに申し込むのは期限ギリギリまで待ってください。そしてもし期限日までに気が変わったら、２人で申し込んでください」

「いや俺、こういうのは申し込み開始当日に手続きしないと気が済まないんだけど」

「もし断るなら、先輩が猫語を使っている姿を、同じ部活の盗撮先輩に見ていただくことになりますよ？」

朝日《あさひ》さんはスマホをかかげ、いたずらっ子のような笑みを浮かべた。

「……わかったよ。最終日まで申し込まないでおく」

「最終日に申し込んだら、証拠としてその画面をスクショして見せてくださいね？　もし申込日が最終日じゃなかったら……どうなるかわかりますよね？」

「…………」

この後すぐ申し込んで適当にごまかそうと思っていたのだが、バレていたようだ。

「最終日まで申し込まないことが、さっきの猫の動画を消してもらえる条件ってことでいいんだな？」

「先輩は理解が早くて助かります」

「仕方ないな……。申し込み最終日をカレンダーに登録しておくよ」

すぐさまスマホを取り出し、チケットの申し込み期限である11月14日にリマインダーを設定した。

申し込みは23時59分までに行えば有効だが、余裕を持って13時にアラームが鳴るようにしておく。

「へー。先輩って、そういう予定を全部カレンダーに登録してるんですか？」

「ああ。すべての用事にリマインダーをセットしないと気が済まない性格なんだ。ちなみに、ポイントカードの有効期限なんかも全部カレンダーに登録している」

言いながら、朝日《あさひ》さんにスマホ画面を見せる。

「細かいですね……さすが学年1位」

「成績は関係ないだろ」

「そんなことないと思います。頭がいい人って完璧主義者が多い気がしますし……」

朝日さんは感心したようにつぶやき、視線を下にずらしていく。

「——あれっ？　先輩、明後日《あさって》の13時から『リアル攻略ゲーム』って書いてありますけど、もしかしてこれって……」

「『神殺《かみごろ》しの巫女《みこ》』とコラボしているヤツだよ」

リアル攻略ゲームというのは、体験型のゲームイベントである。イベント会場に行き、主催者が用意したミッションを制限時間内にすべてクリアすることを目指すのだ。1人でプレイできるものもあれば、複数人でのみ挑戦できるものもある。

今回のリアル攻略ゲームは、1人あるいは2人1組で参加する仕組みになっている。

「『神殺しの巫女』のリアル攻略ゲームって、真桜《まお》さんが事前に収録したナレーションが会場で流れるんですよね？」

「そうだな。リアル攻略ゲームには正直あまり興味ないんだが、それを聴くためだけに申し込んだ」

「ちなみに、先輩は誰かと一緒に行く約束をしているんですか？」

「いや、1人で行くけど」

「そうなんですか！　わたしも行きたいので、もしよかったら――」

「断る」

「なんでですか！　会場に真桜さん本人はいないんですよ!?」

「神崎《かんざき》真桜さんの声に聞《き》き惚《ほ》れているところを知り合いに見られたくない」

「でも、一緒にゲームをすることによって、お互いのことを知れるじゃないですか」

「俺は知らなくても問題ない」

「むぅ……」

朝日さんは不満そうに頬《ほお》をふくらませた。

「怒るなよ。リアル攻略ゲームは抽選制じゃないし、俺みたいに1人でも参加できるぞ」

「でも、こういうイベントに1人で行くのはハードルが高いじゃないですか。先輩と一緒に行けば、親睦を深められて、一石二鳥だと思うんですけど」

「俺はゲームは1人でやりたい人間なんだ。2人でプレイしてクリアできなかった時に、責任をなすりつけ合うことになったら嫌だし」

「そんなことしませんよ」

「君がしなくても、俺が責任を追及するんだよ」

「それは先輩が自粛すればいいだけの話では？」

「無理だ。他人のミスを非難することは最高のエンターテインメントだと思っているから、絶対に我慢できない」

「普通に性格が悪いですね……」

「一緒にいると嫌な気分になるだろうから、俺みたいな人間に関わらない方が身のためだぞ。他に誰か誘える人はいないのか？」

「お父《とう》さんもお母《かあ》さんもそういうゲームには興味ないですし、どうせなら『神殺《かみごろ》しの巫《み》女《こ》』に詳しい人と行きたいじゃないですか？」

「たしかにな。知らない人と行っても温度差があるだろうし」

「その点、先輩は適任じゃないですか。それに先輩って、学年1位で勉強が得意ですよね？　きっとリアル攻略ゲームも得意だと思うんですよ」

「そうだな。だから俺は1人で問題ない」

「わたしのことを助けてくれる気は……」

「ない」

「ですよね……」

「俺なんかと行くより、たとえアニメを知らなくても、気心の知れた友達と行った方が楽しいと思うぞ」

「残念ながら、わたしにはアニメが好きな友達っていないんですよね……。特に『神殺しの巫女』って男性向けアニメだから友達は参加しづらいでしょうし、誘っちゃったら向こうも断りづらいじゃないですか？」

「その気持ちはわかる」

どうやら朝日《あさひ》さんは、誘う前に相手がどう思うかを考えるようだ。

気遣いができる人は嫌いじゃない。

「よし、わかった。そこまで言うなら、俺はリアル攻略ゲームに行くのをやめる」

「──えっ⁉　なんでですか⁉」

「こうして言い争いになったのは、俺がリアル攻略ゲームに行くことが原因だ。だったらそれを取り除くのが最も手っ取り早い解決法だろう」

「そ、それはさすがに極論すぎませんか？」

「もう決めたことだ。これで『俺と君が2人で行く』という選択肢はなくなったから、君は諦めるなり、１人で行くなり、知り合いを誘うなり、勝手にしてくれ。それじゃあ俺は帰る」

そんな捨《す》て台詞《ぜりふ》を残し、朝日《あさひ》さんが困惑している間に、駅に向かって走り出した。

「——あっ！　ちょっと先輩！」

呼び止められた気もするが、無視して公園から離脱する。

あの動画が朝日さんのスマホに残っていることが気がかりだが、チケットを期限ギリギリまで申し込まなければ消してもらえるわけだし、このまま逃げてしまおう。

利用価値がないとわかったら、削除するだろうし。

あの場を丸く収めるには、こうするのが一番よかったはずだ。

ちなみに、チケットはもう買ってあるので、リアル攻略ゲームをキャンセルするというのは嘘《うそ》である。

☆　　☆　　☆

というわけで、その2日後。

リアル攻略ゲームが開始する20分前には会場に着くよう、余裕を持って仙台《せんだい》行きの電車に乗り込んだ。

日曜日のお昼ということで、電車内は閑散としている。

椅子に腰かけてスマホを取り出し、何の気なしに今年の文化祭のページを開いた。

お嫁さんにしたいコンテストのページに進むと、朝日さんの顔写真と一緒に、簡単なプロフィールが載っていた。ヒマつぶしに目を通していく。

誕生日は12月28日、身長は165センチ、血液型はB型、所属部活は文芸部。

趣味はお菓子作りで、得意料理はハンバーグ。

好きな色はピンクで、将来の夢は幼稚園の先生。

なんとも男ウケしそうな内容である。

朝日さんはこれを、他人のお金で焼肉を食べたいと思いながら書いたのだろう。投票した男子たちはまんまと騙《だま》されたわけだ。

もっとも、朝日さんは他の候補者たちに比べて顔面偏差値が突出して高いので、『趣味は二度寝、得意料理はカップラーメン』みたいなプロフィールだったとしても優勝しそうな気がするが。

そんなことを考えていると、電車が仙台駅のホームに到着した。

スマホの画面を地図に切り替えながら改札を抜け、駅前にあるリアル攻略ゲームの会場に向かう。

会場は駅から徒歩5分の位置にあり、特に道に迷うことなく、予定通り12時40分に到着した。

——だが、建物に入ってすぐのところで想定外の事態に遭遇した。

私服姿の朝日《あさひ》さんが待ち構えていたのである。

朝日さんは仁王立ちしており、長いポニーテールを風になびかせながら、こちらにジト目を向けている。

「先輩、待っていましたよ」

ＲＰＧのラスボスみたいな佇《たたず》まいだ。

さすがにこの展開は予想していなかった。

考えてみれば、宮城《みやぎ》でリアル攻略ゲームが行われている会場はここだけなので、俺が参加する日時がわかっていれば、待ち伏せすることは可能だ。

しかしまさか、ここまでするとは……。

「先輩がここに来たわけですから、おととい公園でわたしに言ったことは嘘《うそ》だったという認識でよろしいんですよね？」

「な、なにを言っているんだ。俺はたまたまここを通りかかっただけで、リアル攻略ゲームをしに来たと決まったわけじゃないだろ」

「そんな戯言《たわごと》が通用すると思っているんですか？」

「本当だよ。俺が嘘を言っていると決めつける根拠はなんだ？」

「じゃあ逆に聞きますが、13時のゲームスタートまで、わたしと2人で楽しくおしゃべりできますか？」

「…………」

無理である。購入済みのチケットは、13時までに受付を済ませなければ無効になってしまうのだ。

「潔く認めてください。先輩が嘘をつき続けるなら、わたしにも考えがありますよ？」

朝日さんは俺との距離を詰め、最後通告をしてきた。

どうやら、謝る以外の選択肢はなさそうだ。

「……私の不徳のいたすところで、深く反省しております。ご批判を重く受け止め、誠心誠意対応してまいります」

「なんで政治家みたいな口調なんですか？」

「しっかりした日本語を使った方が謝罪の気持ちが伝わるだろうと思って」

「本当は？」

「普通に謝ると、負けを認めるみたいで悔しくて」

「ふふっ。先輩は負けず嫌いなんですね。意地でも屈服させたくなりました」

朝日さんはそう言って、小悪魔のような笑みを浮かべた。

「先ほどの謝罪は受け入れられません。反省の気持ちがあるなら、政治家が使うテンプレじゃなく、ちゃんと自分の言葉で伝えてください」

「………」

「わたしが先輩の弱みを握っていること、忘れちゃったのかにゃあ?」

朝日《あさひ》さんはスマホをかざしながら、俺の顔を覗《のぞ》き込《こ》んできた。

もはや、全面降伏以外に道はないようだ。

「……嘘《うそ》をついてしまい、すみませんでした。反省しています」

「はい、上手《じょうず》に言えましたね。偉い偉い」

朝日さんは俺の頭に右手を載せ、ポンポンと上下させた。

「ついでに、わたしを置いて公園から逃げたことも謝ってください」

「……おとといは話の途中で帰ってしまい、すみませんでした」

ふたたび頭を下げると、朝日さんは勝ち誇ったような表情になった。

「満足しました。それでは、もうこんなことがないように、連絡先を交換してください」

「俺、今日はスマホを持ってきてないんだ」

「身体検査するので、両手を上げてください」

「何の権利があってそんなこと――」

「無駄な抵抗はせず、大人《おとな》しく投降してください」

朝日さんはそう言って、自分のスマホの画面を見せてきた。

そこには道ばたで猫とたわむれる俺の姿が映し出されている。

「……すみませんでした」

大人しくスマホを差し出すと、すぐさまひったくられ、勝手に顔認証でロックを解除された挙げ句、個人情報を奪われてしまった。

「それと、今日はわたしと一緒にリアル攻略ゲームをプレイしてくれますよね？」

「仕方ないな……」

「仕方ない？」

「ぜひご一緒させてください」

「当然ですよね。わたしを騙《だま》したんですから」

朝日さんは得意げに言い、受付に向かって歩き出した。

こうして俺は完全敗北し、朝日さんと2人でリアル攻略ゲームに挑むことになってしまったのだった。

☆　☆　☆

受付で朝日さんが当日券を購入し、ゲームをプレイする準備ができた。

そこで初めて知ったのだが、1人プレイと2人プレイでは、ゲーム内容がだいぶ異なるようだ。

しかし受付前であれば、プレイ人数の変更は可能らしい。

受付を終えた俺たちは、近くにある椅子に座り、13時になるのを待つ。

「それにしても、よく俺がこの時間に来るってわかったな。もしかしたら時間をずらすかもしれないのに」

「念のため、10時からの回も入口で見張っていました」

「刑事の張り込みみたいだな……」

「あと、先輩が日程を変更した場合に備えて、昨日も全部の回の様子を見に来ました」

「ヒマなの？」

「先輩のせいですから！」

朝日《あさひ》さんは頬《ほお》をふくらませ、二の腕をつねってきた。

「盗撮先輩に事情を話して、先輩の連絡先を入手しようかと思ったくらいですよ」

「絶対にやめろ。そもそも俺は文芸部に連絡先を交換している知り合いはいない」

そう断言すると、朝日さんは不思議そうに小首をかしげた。

「先輩、なんでわたしが文芸部だって知っているんですか？」

「――あっ、いや、それは」

「もしかして、先輩ってわたしのストーカーなんですか？」

「断じて違う。お嫁さんにしたいコンテストのプロフィールに書いてあったから知っているだけだ」

「へ～」

俺の弁明を聞いた朝日さんは、なぜかニヤニヤ笑いを浮かべた。

「なんで嬉《うれ》しそうなんだよ」

「だって、先輩はわたしのプロフィールを暗記してくれたわけじゃないですか。それってつまり、わたしに興味津々ってことですよね？」

「うぐっ……」

たしかに、ヒマつぶしとはいえ、朝日さんのプロフィールを熟読してしまったのは事実だ。

「わたしのことを知りたいなら、直接聞いてくれていいんですよ？　真桜《まお》さんを推す同士ですから、先輩からの質問にはどんなことでも答えてあげます♪」

「勘違いするな。プロフィールを見たのは、自分の弱みを握っている人間のことを知る必要があると思っただけだ。他意はない」

「なるほど。でもあのプロフィールって男ウケしそうなことを適当に書いただけなので、信憑性《しんぴょうせい》は皆無ですよ」

「ヒドい話だ」

「――そうだ。いっそのこと、わたしをもっとよく知るために、先輩も文芸部に入ってみませんか？　わたしと仲良くなれば、一緒にイベントに行くことに抵抗がなくなるでしょうし」

「断る」

「気が向いた時に部室に行って、好きな本を読むだけのお気楽な部活ですよ？」

「俺、読書はあんまり好きじゃないから」

「嘘《うそ》をつかないでください。先輩って本好きなんですよね？　休み時間には必ず哲学書を読んでいるって、盗撮先輩が言っていましたよ？」

「そ、それは……」

「哲学書ってどういうところが面白いんですか？」

「いや、えっと……」

哲学書を読んでいるのは優等生に見られるための演技であって、面白いと思ったことはないし、内容はほとんど頭に入っていない。

まさかこの設定のせいでピンチに陥《おちい》る日が来ようとは……。

「わたしも1冊くらい読んでみたいので、オススメを教えてください。なるべく読みやすい本を希望します」

「………」

読みやすい哲学書？　そんなの俺が知りたいよ。

このままでは、読んでいる振りだということがバレて、さらに弱みを握られることになってしまう。

なんとかして、早急に話題を変えなければ――。

と、そこで、横に座る朝日《あさひ》さんの髪が目に入った。

先日は単に下ろしていたのだが、今日はポニーテールだ。

「そういえば、朝日さんって今日は髪を結わえているんだね」

「露骨に話題を変えましたね」

バレたか。

「ちなみに、今日のわたしがポニーテールな理由は、建物の入口で先輩を待っている間、ヒマつぶしに髪をイジっていたからです」

しかも地雷を踏んでいた。

「なんか色々とすみませんでした」

「いえいえ、もう怒っていないので、気にしないでください。先輩と一緒にプレイできることになって、わたしの努力は報われたわけですから」

朝日さんはそう言って、楽しそうに笑った。

どうやら、怒りを引きずらないタイプのようである。

「それで、文芸部についてなんですが――」

『大変お待たせいたしました。13時になりましたので、リアル攻略ゲームに参加する方は受付にお越しください』

話題が戻りそうになったところで、館内アナウンスが流れた。

俺は胸をなで下ろし、すばやく椅子から立ち上がって、受付にできはじめた列の最後尾に向かう。

受付に集まった参加者たちは、順番に建物の奥に案内されていく。

やがて順番が回ってきて、俺と朝日《あさひ》さんは女性の係員さんに連れられ、小さめの個室に入った。

そこは広さ6畳ほどの神社を模した空間で、テーブルと2脚の椅子、それから大きめの液晶テレビが置かれており、『リアル攻略ゲーム・神殺《かみごろ》しの巫女《みこ》』というキービジュアルが表示されている。

朝日さんと並んで着席したところで、係員さんから書類を2通とタブレットパソコンを2台、手渡された。

書類にはタブレットパソコンの使い方や、今回のゲームを行う上での注意点などが書かれているようだ。俺は係員さんに質問する。

「この書類にはもう目を通していいんですか?」

「はい、大丈夫です。ただし、指示があるまでこの箱には触らないでください」

そう言いながら、係員さんは茶色い無地の箱をテーブルの上に置いた。

「これでリアル攻略ゲームの準備は完了です。間もなくゲームを開始しますので、このまま部屋でお待ちください」

説明を終えた係員さんが退出したので、さっそく書類の内容を確認しはじめる。

一方、朝日さんは壁に貼ってある『神殺しの巫女』のポスターを眺めたり、小さめの鳥居に触ったりしているようだ。

「なんだかワクワクしますね」

「資料の内容を暗記しているから話しかけないでくれ」

「暗記って……。先輩はガチ勢なんですか？」

「ネットの書き込みによると、クリア状況によって神崎真桜《かんざきまお》さんのアナウンス内容が変わるらしいからな。完全クリア率は約3割らしいんだが、どうせなら完全攻略バージョンを聴きたいだろ？」

「たしかに！　先輩、頑張ってくださいね！」

「自分もクリアに貢献しようという気持ちはないのか？」

「先輩なら必ず完全クリアしてくれると信じているので、わたしは黙って見守ります♪」

「物は言い様だな……」

俺は苦笑しながら、資料に目を通していく。

「ちなみに、先輩って家電を買った時に説明書を読み込むタイプですか？」

「さすがに全ページを読んだりはしないけど、どんなことが書いてあるかは大雑把《おおざっぱ》に把握しておくかな」

「先輩って、将来いい旦那様になりそうですね」

「──えっ？　なんで？」

予想外の褒《ほ》められ方をしたので、思わず思考が停止する。

「だって、女の人って機械操作が苦手な場合が多いじゃないですか。そんな時に、先輩がいてくれたら心強いですもん」

「……ああ、そういう意味か」

お嫁さんにしたいコンテスト1位の朝日《あさひ》さんに「いい旦那様になりそう」なんて言われたから、驚いてしまった。

いや、もちろん、深い意味はないと思っていたのだけれど。

「──あっ。テレビが暗くなりましたよ？　始まるんじゃないですか？」

「みたいだな」

俺たちは揃《そろ》ってテレビを注視する。

数秒後、『神殺《かみごろ》しの巫女《みこ》』の主題歌が流れはじめ、画面に神崎《かんざき》真桜《まお》さんが演じる主役の真城《ましろ》ユイが現れた。

『こんにちは！　今日は『リアル攻略ゲーム・神殺しの巫女』に来てくれて、本当にありがとう！

君たちにはこれから巫女になってもらって、2人1組で神に仕えるドラゴンの討伐を目指してもらうよ！　ちなみに、巫女には男女関係なくなれるから、安心してね！』

スピーカーから発せられる神崎真桜さんの声を全身で浴び、聞き惚《ほ》れる。

幸せだ。朝日さんに待ち伏せされるというアクシデントもあったが、来てよかった。

『それじゃあ、さっそく最初の試練に挑戦してもらうね！』

直後、テレビから真城ユイが消え、画面全体にこんな文章が表示された。

『第1の試練・巫女として認められる』

『巫女は清い心を持っていることと、パートナーと気持ちを合わせることがすごく大事なの！　そこで君たちの巫女としての資質を見るため、今からシンクロゲームに挑戦してもらうよ！

この画面に簡単な問題が表示されるから、制限時間内に答えていってね！　パートナーと相談しちゃダメだよ！　タブレットパソコンに打ち込んだ回答がパートナーと合計3回揃《そろ》ったらクリア！　次の試練に進めるよ！

それじゃあみんな、タブレットパソコンを準備してね！』

神崎真桜《かんざきまお》さんに指示された通り、先ほど係員さんから受け取ったタブレットパソコンを起動させる。

画面には『準備完了？』という質問文が表示されているので、すぐさま『はい』をタップした。

だが、横にいる朝日《あさひ》さんはタブレットパソコンをテーブルに置いたまま、ボーッとしている。

「朝日さん？　どうしたの？」

「――えっ？　……あっ、すみません、今からゲームがはじまるんでしたね」

「今のナレーション、ちゃんと聞いていた？」

「もちろんじゃないですか。……ただ、わたしの目的は真桜さんのナレーションを聴くことだったので、もうエンディングを迎えたかのような満足感を覚えていました」

「勝手に満足しないでくれ」

「でも、ちゃんとルール説明は聞いていましたよ。今からシンクロゲームをやるんですよね」

「ああ。2人の答えを合わせるみたいだけど、俺の方が年上だし、朝日さんの思考に合わせるようにするよ」

「ありがとうございます。先輩は優しいですね」

「2人で力を合わせて、必ずすべての試練をクリアしよう。神崎真桜さんのナレーション完全攻略バージョンを聴くために」

「はい！」

朝日さんは元気よく返事し、タブレットパソコンをタップした。

直後、神崎真桜さんの『それじゃあ、最初の試練スタート！　頑張ってね！』という声を合図に、液晶テレビの画面が切り替わる。

『第1問　赤いものと言えば？』

なるほど、シンクロゲームというのはこういうことか。

問題自体は簡単だが、正解の数が多すぎる。しかも制限時間は30秒しかないので、長考できない。回答を合致させるのは難しそうだ。

直感で答えていくしかなさそうだが、赤いものと言われてパッと思いつくのは、血液かな。

他に赤いものを考えるが、赤い風船や赤いリボンなど、絶対に赤とは言い切れないものばかりが浮かんでくる。

時間制限が迫ってきたので、俺はタブレットパソコンに『血液』と書いて送信する。

するとタブレットパソコンに、朝日《あさひ》さんの回答が表示された。

『真城《ましろ》ユイちゃんが3話で着ていた水着』

「そんな回答、揃《そろ》うわけなくない……？」

「先輩、それはこっちのセリフなんですけど。なんで『神殺《かみごろ》しの巫女《みこ》』のリアル攻略ゲームに来て、アニメに関係ないものを挙げるんですか」

「……言われてみれば、たしかにそうだな」

「あと、『神殺しの巫女』に関係ない回答をするにしても、血液はないでしょう。そんな怖いもの、わたしが答えるわけがないじゃないですか。わたしに合わせるならもっと可愛《かわい》く、リンゴとかにしてくださいよ」

「えっ、血液って怖いか？　俺、献血とか輸血とか、割とポジティブなイメージを持っているんだけど」

「献血はともかく、輸血ってポジティブですか？　処置を受ける前に大量出血しちゃってるじゃないですか」

「それもそうか……。じゃあ、次はもっと可愛い回答をするよ」

「よろしくお願いします」

こうして1問目の反省が終わったところで、2問目が出題される。

『第2問　紫色のものと言えば？』

紫か……。『神殺しの巫女』に関する紫のものといえば、ドラゴンの血だ。５話で神に仕えるドラゴンを討伐した際、紫色の血が飛び散る印象的なシーンがあったのだ。

しかし、朝日さんにとって血液は怖いものなので、却下だ。

先ほど「リンゴとかにしてください」という苦情を受けたので、同じフルーツのブドウにしよう。

俺はタブレットパソコンに『ブドウ』と書いて送信する。

一方、朝日さんの回答は――。

『真城ユイちゃんが５話で討伐したドラゴンの血液』

「どういうこと？　血液は怖いから答えるわけがないんじゃなかったの？」

「５話でドラゴンを討伐した際、紫色の血が溢《あふ》れ出《で》るシーンがあったじゃないですか。あのインパクトをスルーできると思いますか？」

「理不尽すぎる……」

しかし、これで朝日さんの思考パターンは把握できた。

この子の回答は、すべて『神殺しの巫女』に絡めてくるらしい。

そうとわかれば、こっちのものである。

『第３問　ピンク色のものと言えば？』

これは簡単だ。４話の温泉回の脱衣シーンで主人公の真城ユイがつけていた下着が、上下ともピンクだったのである。

アニメの記憶を探るが、『神殺《かみごろ》しの巫女《みこ》』には、他にピンク色の印象的なものは出てきていない。

問題は、朝日《あさひ》さんがブラジャーと書くかパンツと書くかだが……どちらが来てもいいように『真城《ましろ》ユイが4話で着用していた下着』と書いて送信する。

直後、画面に朝日さんの回答が表示された。

『モモ』

「3問目にしてアニメに関係ないものが来た……」

「だって、ピンク色のものが思いつかなかったんですもん」

「なんで『真城ユイの下着』って書かなかったんだよ?」

「先輩、常識的に考えてください。わたしがそんな恥ずかしい回答をするわけがないじゃないですか」

「いや、1問目で『水着』って書いていただろ」

「『水着』は別に恥ずかしくないですよ」

「線引きがわからない……」

「先輩って本当、女の子の気持ちがわからないんですね」

「悪かったな」

「ていうか先輩、よく下着の色なんて覚えていましたね。ひょっとして、アニメをそういう目で見ているんですか？」

朝日さんはそう言って、嘲笑するような視線を向けてきた。

「先輩って真面目《まじめ》そうに見えて、意外とエッチなんですね」

「勘違いするな。俺はアニメキャラを性的な目で見てなどいない」

「本当ですか？　４話の着替えシーンで一時停止したんじゃないですか？」

「断じてしていない。ごく普通に視聴していて、覚えていただけだ」

「下着の色なんて、普通は記憶に残らないと思うんですけど？」

「そんなことはない。下着の色にはその人の個性が現われるだろう？　白を選ぶ人と黒を選ぶ人では、ぜんぜん性格が違う。キャラクターの個性を正確に把握するため、俺は下着の色にまで注目して視聴しているんだ」

「なるほど、先輩は下着評論家なんですね」

「そんな恥ずかしい肩書きはいらない」

「もしかして、普段から女の子の下着の色を想像したりしているんですか？」

「いや、そんなことは……」

小バカにするような口調で質問され、思わず朝日さんの胸元に視線を向けてしまった。

「――ちょっ⁉　どこを見ているんですか⁉」

朝日《あさひ》さんは頬《ほお》を赤らめ、両手で自分の胸を覆った。

「ち、違う！　今のは誘導されただけだ！」

「もう……。想像するのは自由ですけど、正解は教えませんからね？」

「いや、そもそも想像しないから」

俺は目のやり場に困り、タブレットパソコンに視線を戻す。

するとそこで、今のやり取りをしている間に問題を2回スルーしてしまい、6問目が始まっていることに気がついた。

「どんどん完全クリアが難しくなっていくな……」

「このままだと完全攻略バージョンのナレーションが聴けなくなって、もう1回来ることになってしまいますね」

「それは避けたいな」

「ちなみに先輩。わたし、ちょっと気がついたことがあるんですけど」

朝日さんは小声になり、真剣な表情で話を続ける。

「このゲームって係員さんに見られているわけじゃないですし、いくらでもズルができちゃいますよね？」

「そうだな。朝日さんは不正をしてまで完全クリアしたいか？」

「難しいところですよね……。真桜《まお》さんと運営さんに対する罪悪感はありますが、わたしたちの一番の目的は真桜さんのナレーション完全攻略バージョンを聴くことであって、ゲームを楽しむことじゃないですから……」

「たしかにな」

「じゃあ、カンニングをします？」

「いや、俺はやめておいた方がいいと思う」

「えっ？　なんでですか？」

「理由は2つある。まず1つ目は、このゲームがはじまる時にナレーションで『巫女《みこ》は清い心を持っていることと、パートナーと気持ちを合わせることがすごく大事』と言っていたことだ。『パートナーと気持ちを合わせる』っていうのはこのシンクロゲームで量れるとして、『清い心を持っている』の判断はどうすると思う？」

「――そっか！　シンクロゲームで不正をするかどうか！」

「ああ。たぶんこの部屋のどこかにカメラやマイクが仕掛けてあって、参加者がいくらでも不正ができる状況下で、それでも真面目《まじめ》にゲームを行うかをチェックしているんだと思う」

「なるほど……!!　ちなみに、もう1つの理由というのは？」

「そっちは感覚的なものなんだけど、このリアル攻略ゲームの完全クリア率は約3割らしいんだ。でも運営の不正チェックが機能していなかったら、完全クリア率はもっと高くなると思わないか？」

「たしかにそうですね……!!　さすが先輩、そこまで考えていたとは……!!」

「昔から、出題者の意図を汲《く》むのは得意なんだ」

「その調子で、わたしがする回答も読んでいただけると嬉《うれ》しいんですが」

「善処する」

こうして話し合いを終えた俺たちがタブレットに視線を戻したところで、6問目の回答時間が終わった。

結局3問スルーしてしまったところで、7問目が出題される。

『第7問　黒いものと言えば？』

——さてと。

それじゃあ、カンニングをするか。

もし本当に運営側にモニタリングされている場合、先ほどの俺の発言を聞いて、不正をしないと油断してくれたはずだ。

もっとも、すぐにバレるようなカンニングはしない。

朝日《あさひ》さんの手の動きから、なんと書いたかを予測するのだ。

もちろん、手の動きだけで文字を予測するのは不可能だ。しかし俺には、それが何色のものかというヒントがある。

本当は不正をせずにクリアしたかったが、仕方ない。

などと考えている間に、朝日さんはペンを走らせていく。

手の動きから、けっこう文字数が多いことがわかる。最低でも6文字以上だ。

しかし、1文字1文字の画数はそこまで多くない。ひらがなか、カタカナだろう。

ひょっとして、英語か？

カタカナにした時に6文字以上の英語で、黒いもの。

これまでの回答から、朝日さんが『神殺《かみごろ》しの巫女《みこ》』に関係するものを書く場合、『○話で』という言葉を入れるとわかっている。

しかし、『話』という漢字を書いた様子はない。

つまり、アニメには関係なく、6文字以上の英語で、黒いもの――。

タイムリミットが迫る中、俺は急いでペンを走らせる。

回答を終えた直後、タブレットパソコンの画面に朝日さんの回答が表示された。

『ブラックホール』

「あっ！　答えが一致しましたね！」

真実を知らない朝日さんが、楽しげに歓声を上げた。

よかった。正解したようだ。

運営にカンニングを疑われないよう、無邪気な男子高校生を装って、一緒に喜んでおく。

「この調子で頑張りましょう！」

「ああ、そうだな」

とはいえ、連続で答えが一致するのも不自然だ。

その後は適当に不正解を混ぜ、11問目で3回一致を達成した。

「なんだか後半、急にわたしたちの考えが合うようになりましたね」

「朝日《あさひ》さんの回答を分析して、思考パターンをトレースしたからな」

「そうなんですか!? さすが学年1位ですね!!」

俺のハッタリを聞いた朝日さんが、尊敬の眼差《まなざ》しを向けてきた。カンニングを疑っている様子はない。

適当に『回答を分析』とか『思考パターンをトレース』などと言っておけば、不正をごまかせる説。

するとそこで、テレビ画面に真城《ましろ》ユイが映し出された。

同時に、スピーカーから神崎《かんざき》真桜《まお》さんの声が発せられる。

『第1の試練、突破おめでとう！ これで君たちは巫女《みこ》として認められたよ！

さっそく巫女として最初の仕事をしてもらうね！ 君たちにはバラバラになった石板を元通りに修復してほしいの！

石板のカケラは茶色い箱に入っているから、開けてみて！』

すぐさまテーブルに置かれている無地の箱を開くと、中にはパズルのピースが大量に詰まっていた。

ピース数は100というところだろうか。

『石板を完成させたら次の試練に進めるよ！　大変だと思うけど、頑張ってね！』

神崎真桜さんが激励してくださった直後、液晶テレビの画面全体にこんな文章が表示される。

『第2の試練・石板を完成させる』

タブレットパソコンにも同じ文章が表示されているだけで、どこにもパズルの完成絵はない。

どうやら、全体像がわからない状態で組み立てていくらしい。これは骨が折れそうだな……。

「わたし、パズルってやったことないんですよね……」

朝日さんが不安そうにつぶやいた。

「何から手を付ければいいのか、さっぱりわかりません」

「難しく考える必要はないよ。まずは他のピースと連結しない面があるピースを集めて、外枠を作るんだ。食パンでいうと、最初に耳を組み立てる感じ」

そう言いながらパズルの箱をひっくり返し、中身をテーブルの上にぶち撒《ま》けた。

ピースが重ならないように均《なら》した後、絵が描かれている面を表向きにしていく。

ピースに描かれている絵の色は茶色が8割、黒が2割というところだろうか。

「次に、大体でいいから、色ごとにピースを分けよう。隣り合うピースは、同じ色である可能性が高いからな」

「なるほど……勉強になります」

「仕分けが終わったら、ピースを組み立てるんだ。絵柄で見ると惑わされそうだから、ピースの形で合うかを見る」

「わかりました。難しそうですが、頑張ります」

「とりあえず、朝日《あさひ》さんは連結しない面があるピースを組み立てて、枠を作ってくれるか？」

「まかせてください！」

こうして、俺たちのパズル作りが始まった。

テーブルの両端に立ち、それぞれピースを仕分けしていく。

やがてピースの整理が終わったところで、朝日さんが枠を作りはじめ、俺も組み立て作業を開始する。

しかし、どれも似たような絵柄のせいで、俺の作業は難航している。

このパズル、難易度がおかしくないか。小学生だったら泣くレベルだぞ。

俺の担当分がまだ２割くらいしか完成していないタイミングで、朝日さんが嬉《うれ》しそうに報告してきた。

「先輩！　枠が完成しました！」

そっちに視線を向けると、直径30センチくらいの正方形の枠ができあがっていた。

「お疲れ様。それじゃあ手分けして残りのピースを組み立てよう」

「わかりました！」

朝日さんは結合していないピースを求めて、こちらに駆け寄ってきた。

「うーん……。どれとどれが隣り合うのか、全然わかりませんね……」

「茶色いピースに所々、黒い線が走っているだろ？　線の太さが全部微妙に違うから、それをヒントにできるんだと思う」

そう説明しながら、朝日さんの前にあるピースを取ろうとして手を伸ばす。

すると朝日さんもこっちに寄ってきて、ふとも同士が密着した。

やわらかさと一緒にほのかな体温が伝わってきたが、朝日さんはパズルに集中しているらしく、無反応だ。

「これって最終的に石板ができあがるんですよね？」

「そうだな。茶色い石板に黒い塗料で模様が描かれているんだと思う」

そんな会話をしている最中、朝日《あさひ》さんがこちらに体を傾けた。

直後、俺の肘にやわらかい球体が押し当てられた。

その正体は確認するまでもない。先ほど触れたふとももとは比べものにならないレベルのやわらかさだったのだ。

こんなにやわらかい部位は、女の子特有のふくらみ以外に、存在するわけがない。

思わず作業を止め、肘に全神経を集中させてしまう。

……パズルに集中できない……!!

恋人でもない女の子とこんなに接近することは、普通に生きていたらあるわけがない。

そのせいで思考力を奪われまくっている。

しかし、「照れるからもっと離れて」なんてことは、死んでも言いたくない。

朝日さんが気にしていないなら、俺だけがゲームそっちのけで意識していることになってしまうからな。

からかわれる要因を、わざわざ与えることはないだろう。

こうして俺は、理性と戦いながらパズルとの格闘を続けることになるのだった。

その後も朝日さんから無自覚の妨害を受けつつ、リアル攻略ゲームは進んでいった。

RPGで敵からお色気系の特技を受けてしばらく気絶《スタン》することはあるが、まさか味方から食らうことになるとは……。

本来の力を発揮できなかった俺だったが、『第3の試練・ドラゴン殺しの剣を手に入れる』と『第4の試練・神に仕えるドラゴンを討伐する』をなんとか突破し、完全クリアすることに成功した。

☆　☆　☆

『完全攻略おめでとう！　君たちは一人前の巫女《みこ》として認められたよ！　でも、神を倒すまで私たちの闘いは終わらないよ！　これからも一緒に頑張っていこうね！』

神崎真桜《かんざきまお》さんに褒《ほ》められた上に仲間として認められ、ものすごい達成感を覚えた。

横にいる朝日さんも同じようで、両目を閉じて感じ入っている。

やがて液晶テレビに『リアル攻略ゲーム・神殺《かみごろ》しの巫女《みこ》』というキービジュアルが表示され、ゲームは終了した。

俺たちは部屋から退出する。

「本当に楽しかったですね。感無量です」

建物の入口に向かって歩いている最中に、朝日《あさひ》さんがしみじみ言った。

「先輩、今日は付き合っていただき、本当にありがとうございました。やっぱりわたし、こういうイベントは誰かと一緒に来るのが好きです」

「そうか。俺は1人でプレイしたかったけどな」

「それは金曜日に嘘《うそ》をついて逃げた罰ですよ。わたしは先輩の尻尾《しっぽ》を掴《つか》むために、何度もここに足を運んだんですから」

「悪かったって。だから一緒にプレイしたんじゃないか」

「わかっています。ちゃんと罪は償っていただきました」

「それなら、リアルイベントのチケットは俺1人で申し込むぞ」

「無理強いはしませんよ。ですがチケット申し込み期限の11月14日までに、先輩の気持ちを変えてみせます。絶対に」

「それって無理強いじゃないのか？」

「違います。先輩という人間を改変するんです。複数人の方がイベントを楽しく感じるという、わたしにとって都合がいい性格になるように」

朝日さんは力強く言って、両手を握りしめた。

いっそ強制された方が優しいんじゃないかってレベルの発言である。

「ちなみにわたし、寝る時はスマホをマナーモードにしているので、いつでも連絡してくれていいですからね？　チケットを2人で申し込んでもいいと思ったら、深夜だろうと早朝だろうと、すぐに連絡をください」

「心変わりすることは絶対にないよ」

「でも、本屋さんで代わりにブルーレイを購入したご友人がいるわけですし、先輩も他人に心を開くわけでしょう？」

「当たり前だ」

「であれば、もっと仲良くなれば考えが変わるはずです。なので今後も真桜《まお》さんに関する話題でわたしと盛り上がりましょう。先輩と語りたくなったら連絡するので、1分以内に返信してくださいね♪」

朝日さんは勝手すぎることを言い、満面の笑みを浮かべた。

全力で拒絶することも可能なのだろうが、そこまでする気にはならず、推しについて語らうくらいならいいかと思ってしまう。

たぶん朝日さんの笑顔があまりに可愛《かわい》くて、俺の攻撃力が一時的に下がっているのだろう。

赤ちゃんがどんなに泣きわめいても、嫌な気持ちにならないのと同じだ。可愛いというのは常に正義で、最強なのである。

「――さてと。先輩、これからどうします？」

建物の出入口に到着したところで、朝日《あさひ》さんが質問してきた。

「喫茶店にでも行って、完全クリア祝賀会&真桜《まお》さんのナレーション最高だった感想会をしましょうか？」

「いや、どこで同級生と出会うかわからないから、急いで帰宅する」

「えっ、ちょっと先輩――」

戸惑う朝日さんを尻目に、俺は仙台《せんだい》駅に向かって歩き出した。

朝日さんと一緒にいるところを同じ高校の生徒に見られたら、面倒なことになりそうだからな。

「もう……先輩って本当に融通が利きませんね……」

背後から呆《あき》れるような声が聞こえてきたが、俺は歩みを止めなかった。

第2話　お嫁さんにしたいコンテスト1位の後輩にコラボカフェに連行される

リアル攻略ゲームをプレイした翌日、月曜日の放課後。

帰り支度をして教室を出た俺と影山《かげやま》が中庭を歩いていると、前方にあるベンチに朝日さんが座っているのを発見した。友達と3人で話し込んでいるようだ。

思わず物陰に身を隠す。もし向こうも気づいたら面倒だからな。

朝日さんに見つからないうちに、別ルートから校門に向かおう。

しかし、物陰に隠れた俺を見て、影山が芝居がかった口調で話しかけてくる。

「どうした相棒。殺し屋にでも狙われているのか？」

「いや、今そういう小芝居はしなくていいから」

冷静に返すと、影山は肩をすくめた。

「じゃあ何？　急にどうしたの？」

「なんでもない。気にしないでくれ」

「いや、気になるに決まってるでしょ。誰か会いたくない人でもいたの？」

影山《かげやま》は怪訝《けげん》そうに周囲を見回し、ベンチに座る女子3人に目を留《と》めた。

「あれっ？　あの1年生、もしかして朝日優衣奈《あさひゆいな》さんじゃない？」

「そ、そうかもな」

「初めて生で見たけど、プロフィールに使っていた写真、加工してないみたいだね。下手《へた》したら実物の方が可愛《かわい》いかも」

「そうだな」

影山に言われるまでもなく、朝日さんが加工の必要がないレベルの美少女であることは、何度も接近して思い知らされている。

「朝日さんって、どんな男がタイプなんだろう？　彼氏はいるのかな？」

「さぁ……」

もし彼氏がいるなら俺をイベントに誘ったりしないと思うが、黙っておく。

「あれだけ可愛いんだから、当然いるんだろうね。その恋人、学校中の男子から恨まれていそう」

影山は苦笑まじりに言ったが、俺は笑えなかった。

やはり、朝日さんと一緒に行動していたら、見ず知らずの男子から目の敵《かたき》にされるリスクがあるのだ。

もう俺とイベントに行くことは諦めて、巻き込まないでほしい。

そんなことを考えながらベンチの様子をうかがうと、朝日さんはお淑《しと》やかな雰囲気で友達と接していた。推しの話をしている時とは大違いだ。

上品に笑う朝日さんの姿に、思わず目を奪われる。

だが、推しについて力説する朝日さんを知っている俺からすると、今の朝日さんは偽物っぽく見えてしまう……。

などと訝《いぶか》しがっていた次の瞬間、朝日さんと目が合ってしまった。

気づかないうちに、物陰から体が出ていたのだ。

すると朝日さんは友達と別れ、1人でこっちに近づいてきた。

嬉《うれ》しそうに駆け寄ってくる姿は、まるで飼い主を見つけた子犬みたいだ。

「先輩、なんでそんなところに隠れているんですか？　もしかして、わたしをストーキングしていたんですか？」

「ち、違うよ。ただ声をかけるタイミングがなかっただけで……」

「冗談ですよ、そんなに慌てないでください。先輩は本当に可愛いですね〜」

「いやいや、俺が可愛いわけがないだろう」

「えー、すっごく可愛いじゃないですか。この前も道ばたで猫に――」

「そのことはもう忘れてくれ」

朝日さんが口を滑らせそうになったので、慌てて黙らせた。

そんな俺たちを見て、影山《かげやま》は驚きのあまり目を見開いている。

「……どういうこと？　大翔《ひろと》って朝日《あさひ》さんと知り合いなの？」

「まぁ、お互いの存在を認識しているという意味では、知り合いなのかな」

「ただの知り合いではないです。先輩とは非常に仲良くさせてもらっています」

朝日さんは大まじめな顔で適当なことを言った。

誤解を招くような発言は控えてほしい。

「あなたは先日、先輩のかわりに『神殺《かみごろ》しの巫女《みこ》』のブルーレイを買っていたお友達ですよね？」

「へっ⁉　なんで知っているの⁉」

「お前、朝日さんに見られてたんだよ」

「えへへ、見ちゃってました。先輩がいつもお世話になっております」

朝日さんはそう言って頭を下げた。お母《かあ》さんかよ。

「よくわからないけど、なんで朝日さんと仲良くなったのか、明日にでも説明してくれよな」

影山はそんな捨《す》て台詞《ぜりふ》を残し、立ち去っていった。

影山なりに気を利かせたのかもしれないが、朝日さんと2人きりにしないでほしい。

「あっ、もしかして先輩、さっきはわたしの弱みを握るために隠れて監視していたんですか？　わたしは猫語を使ったりしないので、そんなことをしても無駄ですよ♪」

朝日さんが楽しそうにからかってきた。

勘違いされるのは嫌なので、ちゃんと反論しておこう。

「監視なんかしてないって。そもそも、朝日さんが猫に話しかけたところで、弱みにはならないだろ。そんなの、普通に可愛《かわい》いだけだし」

「──えっ⁉　か、可愛いですか⁉」

朝日さんは頰《ほお》を赤らめ、目を逸《そ》らした。

「そ、そんな風に思ってたんですか……。なんか、恥ずかしいです……」

「？　何を恥ずかしがってるんだ？」

「だって先輩、わたしのことを可愛いって……」

「お嫁さんにしたいコンテスト１位に選ばれたくらいなんだから、容姿を褒《ほ》められることには慣れているんじゃないのか？」

「そんなことないですよ。少なくとも、２人きりの時に不意打ちで言われたのは初めてです。しかも先輩は異性なわけですし……」

「ついさっき朝日さんも、俺に向かって可愛いって連呼していたけど？」

「たしかにそうですけど、女子が男子に言うのと、男子が女子に言うのとでは『可愛い』の重みが違うじゃないですか」

「言葉に質量はないぞ」

「そういう話じゃないです。……まぁ、先輩はお世辞を言わないってわかってるからこそ、ドキッとしたわけですけど」

朝日《あさひ》さんは呆《あき》れたように言った後、満足そうに微笑《ほほえ》んだ。

表情がコロコロ変わる子だな。

「ところで先輩、今週の土日って何か用事はありますか？」

「今のところないけど――」

と言いかけたところで、嫌な予感がした。

「近日中に用事ができそうな気配はしている」

「じゃあ今この瞬間に予約を入れさせてください。仙台《せんだい》駅の近くでやっている『神殺《かみごろ》しの巫女《みこ》』のコラボカフェに行きたいんですけど、1人は寂しいので付き合ってもらいたいんです」

「断る」

「なんでですか。もしかして先輩、推しに熱中しているところだけでなく、食事しているところも他人に見られたくないとか……？」

「さすがにそこまで面倒くさい性格ではない。ただ単に、駅前だと同じ高校のヤツと遭遇する可能性があるから嫌なんだ」

「あー、たしかにその可能性はありますね。でも宮城県《みやぎ》でやっているコラボカフェは、仙台にしかないんですよね……。東京ならいっぱいあるんですけど」

「というわけで、今回は諦めよう」

「いいじゃないですか、行きましょうよ。わたしたちのことなんか誰も気にしませんよ」

朝日さんは自分がどれだけ多くの男子から好意を向けられているか、ちゃんと認識していないようだ。

「嫌だよ。リアル攻略ゲームと違って、コラボカフェは1人で行けるだろ？」

「頼んだメニューの数に応じて限定コースターがもらえるんですけど、コンプリートするには6品頼まないといけないんです。1人じゃ食べきれないんですよ」

「何回か通えばいいのでは？」

「コースターはランダム配布なんですけど、一度に6品以上を注文すると、コンプリートセットがもらえるんです」

「1人で6品頼んで、無理やり腹に詰め込むっていう選択肢もあるのでは？」

「そんなの嫌ですよ。料理は適量を美味《おい》しく食べたいじゃないですか。ていうか、先輩はアニメグッズには興味ないんですか？」

「そういうわけじゃないけど、別にコースターはいらないかな」

「なるほど……」

「諦めてくれたか？」

「むしろ、絶対に先輩と一緒に行こうと心に決めました」

「なんでだよ」

「だって、先輩がコースターに興味がないなら、2人で行けばわたしが総取りできるじゃないですか」

「どこまでポジティブなんだよ」

「どうしても一緒に行ってくれませんか？」

「うん。嫌だ」

「そうですか、先輩の意思はわかりました。

ところで、わたしが所属する文芸部には、先輩のことを盗撮した先輩、通称『盗撮先輩』がいるって話をしたじゃないですか？」

「──えっ？　急に何の話？」

「盗撮先輩が噂《うわさ》しているのを何度か聞いたんですが、どうやら先輩とお近づきになりたいと思っているようなんです。それで、先輩には哲学書を読むこと以外に趣味はないのかを知りたがっていましてですね」

「……うん」

「先輩が真桜《まお》さんを推していて、出演しているアニメは全部観《み》ていると教えてもいいですか？」

「ダメに決まってるだろ！」

「ですよね～」

朝日《あさひ》さんは嬉《うれ》しそうに言い、小悪魔のような笑みを浮かべた。

「わたしに黙っていてほしいのなら、今週末に先輩がどんな行動を取ればいいのか、わかりますよね？」

「………わかったよ。一緒に行けばいいんだろ」

こうして俺は次の土曜日、朝日さんと2人でコラボカフェに行くことになってしまったのだった。

☆　☆　☆

10月30日、朝日さんとの約束当日。

起きてすぐ自室のカーテンを開けると、雲一つない青空が広がっていた。

窓を開けると、気温は暑すぎず寒すぎずで、絶好の外出日よりだ。

仮に雨が降っていたとしても、朝日さんの性格的に雨天中止にはならないだろうから、晴れてよかったと考えるしかない。

覚悟を決めた俺は、もし知り合いに目撃されても身元がバレないよう、帽子を目深《まぶか》に被《かぶ》り、さらにサングラスとマスクで変装して家を出た。

約束時刻の朝10時。仙台《せんだい》駅西口に行くと、私服姿の朝日《あさひ》さんが立っていた。

相変わらず、ものすごい美少女だった。目の前の光景を写真に撮っただけで、ファッションヨン雑誌の表紙として採用できてしまいそうなくらい完成されてる。

朝日さんと一緒に行動することには高いリスクが伴うからできれば避けたいが、彼女と待ち合わせをしているという事実には、多少の誇らしさを覚える。

「お待たせ」

近づいていって挨拶すると、朝日さんは不思議そうに小首をかしげた後、驚いたように大声を出した。

「あっ！　先輩ですか！　一瞬、誰だかわかりませんでしたよ！」

「そりゃあ、誰だかわからないように変装しているからな」

「なるほど……」

朝日さんは興味深そうに俺の顔をしげしげと見つめてくる。

朝日さんと会うのはこれで4度目なのだが、容姿が整いすぎているせいで、こうしてまっすぐ向かい合うと、未《いま》だに照れる。

美人は3日で飽きるっていう言葉があるが、アレは嘘《うそ》だな。

「ふふっ。なんか有名人がお忍びで会っているみたいで楽しいですね。言ってくれれば、わたしも変装してきたんですけど」

「2人揃《そろ》って変装したら逆に目立つだろうが。いいから早く行くぞ」

俺はごまかすように言って、返事を待たずに歩き出した。

平日よりはだいぶ閑散としている駅を出て、徒歩5分ほどの場所にあるコラボカフェに向かう。

「月曜日にも言いましたけど、今日は2人で最低6品は頼まないといけないんです。先輩は何を注文するか考えてきましたか？」

「ホームページでメニューを調べてみたけど、料理名が『神殺《かみごろ》しの巫女《みこ》』に関連したものになっているだけで、割と普通のラインナップだったな。『ドラゴンの骨付き肉』も、実際はただのローストチキンみたいだし」

「コラボカフェのメニューってそういうものじゃないですか？　本物のドラゴンの肉は用意できないわけですし」

「たしかにな。ただ、前に別のコラボカフェのメニューで、ドラゴンの肉を表現するためにワニの肉を使っているのを見たことがあるぞ」

「そこまでいくとちょっと困りますね。ワニのお肉って鶏肉《とりにく》みたいな味がして、美味《おい》しいらしいですけど」

「そうなのか？」

「はい。食べてみたいですか？」

「遠慮したいな。魚介類は全部苦手だから、たぶんワニもダメだと思うし」

「全部苦手って、海や川に何か恨みでもあるんですか？」

「別にないよ。野菜も全部苦手だけど、畑が嫌いなわけじゃないし」

「この時点で食べられる物がほとんどないじゃないですか。先輩ってどんな食生活を送ってるんですか？」

「必要な栄養素はサプリメントとか健康食品とかで摂取できるから、何とかなるぞ。肉は普通に食べるし」

「そんなことをしていて病気になったりしないんですか？」

「そう言われてみると、風邪《かぜ》は引きやすいかな」

「ほら、バランスの悪い食事は健康に良くないんですって。ワガママを言わないで、ちゃんと野菜を食べましょう？　今度カボチャの煮付けを作ってきましょうか？」

「お母《かあ》さんかよ」

「もしリアルイベントに行くことになった時、当日に風邪を引いたら悲しいじゃないですか？　先輩の分のお弁当を作るのは大した手間じゃないので、来週から一緒に中庭でお昼ご飯を食べますか？」

「いや、それはさすがに……」

美少女に手作り弁当を用意してもらうというシチュエーションは男の夢であり、心が揺らぐ。

しかし、昼休みに朝日《あさひ》さんと一緒にいるところを男子に見られたら、嫉妬《しっと》の対象にされることは避けられないだろう。

それに、女子に弁当を作ってもらったら残すわけにはいかないが、完食できる自信がない。

それくらい俺は好き嫌いが激しいのだ。

「……もしイベントのチケットが当たったら、うがいと手洗いを徹底することによって、風邪を予防しようと思う」

「そうですか。でも、野菜を食べることで免疫力を上げたくなったら、いつでも言ってくださいね」

朝日さんが少し残念そうにつぶやいたところで、コラボカフェに到着した。

開店して間もないからか、店内の半分以上が空席だった。

4人がけの席に朝日さんと対面で座り、帽子とサングラスとマスクを外した後、メニューを見る。

「さすがコラボカフェだ。1品1品の値段が高いな」

「先輩の分もコースターをもらっちゃうわけですし、ここはわたしがお金を出しますよ」

「いや、そういうわけにはいかないよ。自分の分は自分で出すから」

「でも、今日はわたしが無理に誘ったのに、悪いです」

「最終的には来ることを了承したわけだから、奢《おご》る必要はないよ」

「そうですか……？　じゃあこうしましょう。今日付き合ってもらったお礼に、今度わたし特製の魚料理と野菜料理をご馳走《ちそう》します」

「それはお礼じゃなく、嫌がらせって言うんだと思う」

やがて注文が決まり、店員さんを呼んでケーキ2つとパフェ2つとドリンク2杯をお願いした。

それから約10分後。甘味《かんみ》と一緒にコースターのコンプリートセットが届き、朝日《あさひ》さんはホクホク顔になった。

「本当にありがとうございます。わたしが注文したものも好きなだけ食べていいですからね？」

「自分で注文したものだけで十分だよ。最低6品っていう縛りがなければ、ケーキとパフェを同時に頼んだりしなかったし」

「気持ちは痛いほどわかります。2人で仲良く太りましょう♪」

朝日さんはスプーンを持って、無邪気な笑みを浮かべた。

「──あっ、そうだ。食べる前に記念撮影していいですか？」

「ああ、好きにしていいぞ」

「先輩も一緒に入ってくださいね♪」

「絶対に嫌だ。食べ物だけを写せ」

「え～。記念なんだからいいじゃないですか～」

「わざわざ記録に残さなくても、記憶に留《とど》めておけばいいだろ」

「でも撮影しておけば、50年後に今の情景を鮮明に思い出せるじゃないですか」

「50年後に思い出すほどの出来事じゃないだろ」

「むぅ……わかりました。それじゃあ今日はデザートだけを撮って、家に帰った後、猫に話しかけている先輩をスクショしてコラボさせます」

「クソコラを生み出すな」

「完成したら回覧板にして、文芸部のみんなに回しますね」

「絶対にやめろ」

「嫌なら2人で自撮りしましょ？　誰にも見せないから、安心してください」

「……仕方ないな」

「やったー♪」

朝日さんは歓声を上げた後、隣の席に移動してきた。

そして俺の二の腕に小さな肩を密着させてくる。

至近距離に朝日《あさひ》さんの美しい顔があって、緊張してしまう。

「くっつきすぎじゃないか？」

「でも、くっつかないと画面に収まりませんよ？　テーブルの上のデザートも入れなきゃいけないわけですし」

「……それもそうか」

「それじゃあ先輩、撮影するので笑顔でお願いします」

「う、うん」

命令された通り、スマホのレンズに向かって笑顔を作る。

スマホの画面内では、笑顔の俺と朝日さんが身を寄せ合っている。まるでカップルみたいだ……。

「………………」

しかし、待てど暮らせど、スマホのシャッター音が聞こえてこない。

「……朝日さん？　まだ撮らないの？」

「えへへ。実はこれ、動画でした～」

「スマホをぶち折られたいのか？」

「落ち着いてください先輩。実はわたし、今から写真を撮るとは一言も言っていないんですよ？」

「――えっ？　そうだったか？」

俺はこの数分で朝日さんと交わしたやり取りを思い返す。

「……たしかに、動画を撮ると明言していないものの、写真を撮るとも言っていないな。

俺が勝手に勘違いしただけだった」

「納得してもらえましたか？」

「ああ。怒って悪かった」

「納得しちゃうんですか。先輩って本当に可愛《かわい》いですね♪」

朝日さんはニヤニヤ笑っている。

よくわからないが、楽しそうだからいいとしよう。

「それじゃあ次は、アプリを使って動物に変身してみましょうか♪」

「別の席に移っていいかな？」

「1回だけ、1回だけでいいですから」

朝日さんは急いでスマホを操作し、ふたたびカメラレンズをこちらに向けてきた。

拒否したところで猫の動画を使って脅迫されるだけだろうし、されるがままになる。

「まずは一緒に猫になりましょう」

朝日さんがスマホを操作すると、画面内の俺たちの頭に猫耳が現れ、ほっぺたからヒゲが生えてきた。

——これはヤバい。

ただでさえ可愛《かわい》い朝日《あさひ》さんの魅力度が、3倍くらいに跳ね上がった。

高校の制服として猫耳を採用した方がいいレベルである。

しかし、ここで頰《ほお》を緩めたら負けだ。

テーブルの下で両ふとももをつねり、笑顔になるのを必死に堪《こら》えながら、偽りの感想を伝える。

「人間に猫の耳が生えるのって、違和感があるな」

「そんなことないですよ！　今の先輩、すっごく可愛いです！　猫になる才能がありますよ！」

「聞いたことがない種類の才能なんだが」

「先輩と猫耳の親和性が、かなり高いんです！　先輩の前世は猫だったのかもしれませんね！」

朝日さんは興奮気味に語りながら、シャッターを連打する。

お願いだからその画像、俺にも送ってほしい。

「先輩！　ちょっと『ニャー』って言ってみてください！」

「死んでも嫌だ」

「いいじゃないですか！　両手を胸の前まで上げて、猫のポーズでお願いします！」

朝日さんは左手を握り拳にして前に垂れさせ、猫のポーズの見本をやった。

マズい。ものすごく可愛い。

ふとももをつねる指の力を強め、平静を装って返答する。

「そんなポーズ、俺がするわけないだろ」

「お願いだニャ～。言ってほしいニャ～」

朝日さんは猫なで声でおねだりしてくる。

なんだこの可愛い生き物は……!!

すぐさま顔を逸《そ》らし、朝日さんを視界に入れないようにする。

もはや、ふとももをつねったくらいでは頬が緩むのを我慢できそうにないのだ。

「猫っぽくお願いされても無理だから」

「なんでですか。わたしも一緒に猫になれば恥ずかしくないでしょ？」

「同席者が猫語を使ってる時点でけっこう恥ずかしいんだが」

「え～……わかりました。じゃあ『ニャウンウー』って言ってください」

「何その単語？　地球上に存在するの？」

「ミャンマーにある町の名前です」

「どんな豆知識だよ」

「猫の鳴き声っぽい名前なので、いつか使えるかもしれないと思って覚えていたんです」

「先見の明がありすぎる」

「さぁ先輩、ご一緒に。ニャウンウー」

「……ニャウンウー」

「可愛《かわい》いです！　ありがとうございました！」

なんでお礼を言われたのかわからないが、猫への変身タイムはこれで終了のようだ。

よし……なんとか耐えきったぞ……。

「それじゃあ次は犬になってみましょうか」

犬……だと……⁉

「いつまで続ける気なんだよ」

「これで最後だワン。いいから犬になってみるワン」

朝日《あさひ》さんは俺の意思を完全に無視し、スマホを操作する。

次の瞬間、画面内の猫耳が犬耳に変化し、２人の鼻が犬鼻に変わった。

犬になった朝日さんの可愛さは、猫だった頃を遙《はる》かに上回っていた。

さっきまでは猫特有の簡単に他人を寄せつけない気高《けだか》さがあったのだが、犬になった瞬間、可愛さにスキルポイントを全振りしやがったのである。

　これはあざとい。

　あざと可愛すぎる。

「あっ、先輩って犬とも相性バッチリですね」

　朝日さんはニヤニヤ笑いを浮かべているが、それはこっちのセリフである。

　もしや朝日さんって、どんな動物のコスプレをしても抜群に似合うのでは……!?

　それに比べて犬耳が生えた俺は、出来の悪いキメラである。

「自分では気色悪い生き物にしか見えないんだが」

「そんなことないですよ。『ワンワン』って言ってみてください」

「断固拒否する」

「じゃあさっきのニャウンウー方式で、『ワンルームマンション』って言ってください」

「マンションの部分いる？」

「ワンルームマンションが嫌なら、『腕力』でもいいですよ」

「……腕力」

「えへへ～。可愛いですね～」

「朝日さんにとって腕力っていう言葉は犬の鳴《な》き真似《まね》としてカウントされるの？」

　釈然としないが、本人は楽しんでいるようなので、いいことにしよう。

「ふぅ……満足しました。ありがとうございました」

写真撮影を終えた朝日《あさひ》さんは椅子に座り直し、お礼を言いながらスマホをバッグにしまった。

ようやく解放されたらしい。

やれやれ、どっと疲れが出た。

美少女と一緒にいると、ポーカーフェイスを保つのも楽じゃないぜ……。

「――あっ」

テーブルの上を見た朝日さんが悲しそうな声を出し、潤んだ青い瞳をこちらに向けてきた。

「どうしましょう先輩。パフェのアイスがすっかり溶けちゃってます」

「うん。全部朝日さんのせいだね」

「先輩が可愛《かわい》すぎるのが悪いんですよ」

朝日さんは唇をとがらせて責任転嫁した後、溶けかけたストロベリーアイスをスプーンですくって口に運ぶ。

俺も自分のバニラアイスを食べはじめる。

だが、アイスを食べて冷静になったところで、先ほど撮った写真の危険性に気づいた。

「ちなみに今撮った写真のデータって、11月14日までチケットを申し込まないでいたら、俺が猫に話しかけている動画と一緒に消してくれるんだよな？」

「えっ？　そうなんですか？」

「当たり前だろ。そうしないと、俺の弱みがどんどん増えていくだろうが」

「でも、わたしが個人的に楽しむ分にはいいですよね？」

「良くない。消すって約束しないなら、渡したコースターを返してもらうぞ」

「仕方ないですね……。11月14日になったら、わたしのスマホに入っている先輩関連の動画をすべて消去すると約束します」

朝日さんは不満そうに宣言した後、溶けかけたアイスを食べる作業に戻った。俺も自分のアイスを片付けるとしよう。

やがてパフェの容器が空になったところで、朝日さんのバッグの中でスマホが鳴った。

「ちょっとスマホを見てもいいですか？」

「もちろん」

そんな許可を求められたのは初めてだと思っていると、朝日さんはメッセージを確認し、満面の笑みになった。

「小学生の姪《めい》から連絡が来ました。美月《みづき》ちゃんっていうんですけど、最近ひらがなを使いこなせるようになって、頻繁にメッセージを送ってきてくれるんですよ～」

朝日さんはそう言って、自慢げにスマホ画面を見せてきた。

そこには『なにかおはなしして』とか『つぎいつあそべる?』などという、ひらがなだけのやり取りが並んでいる。朝日《あさひ》さんもそれに合わせて、ひらがなのみでメッセージを返しているようだ。

「子どもはできることが毎日増えていくから、面白くて目を離せないんですよね~」

朝日さんは返信するメッセージを作りながら、にやけている。

「朝日さんって子どもが好きなの?」

「大好きですよ。特に美月《みづき》ちゃんは世界一可愛《かわい》いんです。動画を観《み》ますか? 観ますよね?」

朝日さんはメッセージを送信した後、俺の返答を待たず、スマホ内の『美月ちゃん』というアルバムを開いた。その子専用のアルバムを作っているらしい。

「これは図書館に行った時に、1人で絵本を読んでいる美月ちゃんです。お利口さんでしょう?」

「たどたどしいけど、ちゃんと音読しているな」

「わたしに読み聞かせてくれているんです。——それで、これは松島《まつしま》に行った時に、ずんだソフトクリームの美味《おい》しさに感動している美月ちゃんです」

「夢中で食べているな」

「この後、わたしの分を半分取られました。でも可愛いからOKです。——それで、これは真桜《まお》さんのライブのブルーレイを観ながら踊っている美月ちゃんです」

「いい笑顔だな。振り付けは適当だけど」

「可愛いからいいんです。幼稚園の頃から英才教育をしているんですけど、将来の夢は声優さんらしいです」

「英才教育って……。なんか俺と姉の関係みたいだ」

「先輩もお姉《ねえ》さんがいるんですか？」

「ああ。今は東京で一人暮らしをしているんだけど、俺が中学の頃から声優さんの素晴らしさを教え込まれたんだ。当時は正直ピンと来なかったんだけど、今年の春に神崎《かんざき》真桜さんの存在を教えられたことがキッカケで、声優オタクが爆誕した」

「そうなんですか。自分の好きなものを身内に勧めたくなる気持ち、すごくわかります。ぜひ一度、お姉さんとお話ししてみたいです」

「朝日さんは姪《めい》っ子《こ》さんの面倒をよく見るの？」

「そうですね、週に最低3回は会っています。よかったら、今度先輩も会いますか？」

「なんでだよ」

「この可愛さを家族だけで独占しておくのは申し訳なくて……正直、人間国宝になってもおかしくないレベルの可愛さだと思うんですよ」

「人間国宝ってそういう概念じゃないから」

「じゃあ紫綬褒章《しじゅ》？」

「それも違う。まぁ、姪《めい》っ子《こ》さんが可愛《かわい》いのは間違いないけど」

「ですよね！　もっと動画を観《み》せてあげましょう！」

朝日《あさひ》さんは目を輝かせ、動画を次々に自慢してくる。

きっとこの子は将来、親バカになるんだろうな……。

朝日さんはスマホ画面を勢いよくスライドさせていく。

すると、美月《みづき》ちゃんがおままごとをしている動画の次に突然、寝起きと思《おぼ》しきパジャマ姿の朝日さんが表示された。

朝日さんはカメラに油断しきった笑顔を向けているのだが、着ているパジャマが脱げかけていて、あられもない姿をさらしている。

かなりのセクシー画像で、思わず凝視しそうになったが、理性で煩悩をねじ伏せて顔を背ける。

「――あっ!!」

俺が視線を逸《そ》らしたのとほぼ同時に朝日さんが悲鳴を上げ、すぐさまスマホを引き寄せ、自分の胸に押しつけた。

「みみみ、見ましたかっ!?」

頬《ほお》を赤く染めた朝日さんが、慌てて確認してきた。

反射的に謝りそうになったが、今後の朝日《あさひ》さんとの関係を考え、ここは開き直っておこう。

「見たけど、何か問題でも？」

「問題あるに決まってますよね⁉　今の画像のわたし、起き抜けのパジャマ姿だったんですよ⁉」

朝日さんは顔を真《ま》っ赤《か》にして叫んだ。

しかし、ここで謝るわけにはいかない。

「なんで俺は今、怒られているの？　朝日さんが自分から見せてきたんだよね？」

「それに関しては本当に申し訳ないのですが、今見たものはすぐに記憶から抹消してください」

「無理に決まってるだろ。だいたい、朝日さんは俺の恥ずかしい姿をスマホ内にたくさん保存しているよね？　一方の俺はパジャマ姿を一瞬見ただけなんだけど？」

「言われてみれば……。わたし、先輩の苦しみを初めて理解できました」

「それは良かった。今すぐ猫の動画を消してくれていいんだぞ？」

「それはまた別の話ですね」

朝日さんはごまかすように言いながらフォークを持ち、ケーキを自分の前に移動させた。

「……ちなみに、なんで姪《めい》っ子《こ》さんのアルバムに朝日さん単体の写真が入っていたんだ？」

「……さっきの写真は、美月《みづき》ちゃんが初めてわたしのスマホを使って撮ったものなんです。急に撮られたのであんな姿だったんですが、思い出の写真なので、消さずに残しておいたんですよ……」

朝日さんは今にも消え入りそうな声で説明した後、無言でケーキを食べはじめた。相当に恥ずかしいようだ。

気まずいのはお互い様なので、俺も黙って自分のケーキを引き寄せる。

それからしばらく、俺たちのテーブルは沈黙に支配され、機械的にケーキを口に運ぶことになった。

もっとも、ついさっき見た衝撃写真で頭がいっぱいで、ケーキの味は全然わからなかった。

☆　☆　☆

約10分後。注文した甘味《かんみ》をすべて腹に収めた朝日さんが立ち上がった。

コラボカフェ内にある物販コーナに行くようだ。

「先輩は何か買わないんですか？」

「俺はパス。今月はブルーレイを買ったから、お金に余裕がないんだ」

「了解です。それじゃあわたし1人で見てきますね」

小走りで物販コーナーに向かった朝日《あさひ》さんは、すぐさま複数のアクリルキーホルダーを手に取った。

気持ちよくお金を使う、オタクの鑑《かがみ》みたいな子だな。

事前に何を買うか決めていたらしく、朝日さんはすぐに会計を済ませてテーブルに戻ってきた。

「先輩、これをどうぞ」

俺の対面に座った朝日さんが、今買ったばかりの何かを手渡してきた。

それはアクリルキーホルダーで、『神殺《かみごろ》しの巫女《みこ》』で神崎真桜《かんざきまお》さんが演じている真城《ましろ》ユイが、二頭身で描かれていた。

「今日付き合ってもらったお礼に、このアクリルキーホルダーを差し上げます」

「いいの？」

「はい。学校に持っていく鞄《かばん》に付けてくださいね」

「絶対に嫌だ」

「いいじゃないですか、わたしも付けますから」

「朝日さんとお揃《そろ》いになるなら余計に無理だ。返す」

「ちょっ!? わかりました！　鞄に付けなくていいですから、受け取ってください！　プレゼントを突き返されるのは悲しいです！」

朝日さんは悲鳴に近い声を出しながら俺の右手を掴《つか》み、アクリルキーホルダーを握らせてきた。

「もうっ、本当に先輩は素直じゃないですね」

「自分の意志をはっきり伝えているんだから、俺は素直なのでは？」

「またまた～。本当は鞄にキーホルダーを付けたいくせに～」

「根拠のない決めつけはやめてくれないかな」

「一度付けてみてくださいよ。鞄をカスタマイズするのって楽しいですよ？」

朝日さんが潤んだ瞳で見つめてきた。

仕方ないな……。

「学校に持っていく鞄に付けるのは無理だから、休日に使っている鞄に付けるよ」

「やった！」

朝日さんは歓声を上げた。

本当に理解不能な子である。

「ところで先輩、この後どうします？　ゲームセンターにでも行きますか？」

「どうせ俺にアニメのグッズを取らせるつもりなんだろ？」

「えへへ。バレましたか。わたし、クレーンゲームみたいなのって苦手なんですよね」

「プライズゲームは相当うまくないかぎり、ネットショップで景品を買った方が安上がりだと思うぞ」

「たしかにそうですけど、自力で取るからこそ特別感が出るんじゃないですか」

「俺に取らせようとしているのに？」

「わたしの目の前で取られることが大事なんです」

「残念ながらクレーンゲームは俺も不得意だ。力になれそうにないから、帰る」

「えっ⁉　もう帰っちゃうんですか⁉」

「ああ。朝日《あさひ》さんとゲームセンターをウロウロして知り合いに見られたら嫌だからな」

俺は帽子とサングラスとマスクを着けて立ち上がった。

「……なんか先輩って、攻略難易度が高いキャラみたいですね……」

朝日さんは呆《あき》れたようにつぶやき、俺の後をついてくるのだった。

第3話　お嫁さんにしたいコンテスト1位の後輩の家でアニメを観る

11月5日、朝日さんとコラボカフェに行った翌週の金曜日。

昼食を済ませた後、教室で吉本隆明《よしもとたかあき》の『共同幻想論《きょうどうげんそうろん》』を読んでいる振りをしていると、朝日さんからメッセージが届いた。

『ちょっと相談したいことがあるので、今日の放課後、先輩の教室に行ってもいいですか？』

本でスマホを隠しながら内容を確認した俺は、すぐさま返信する。

『絶対にダメだ』

『なんでですか？』

『朝日さんが俺を訪ねてきたら、教室が騒ぎになるだろ』

『騒ぎになんかならないので、放課後に行きますね』

『確定事項にするな。その相談内容は文章じゃ伝えられないのか？』

『直接会って話さないと、この件に関するわたしの情熱が伝わりません』

『俺は国語の成績も学年トップだぞ？　この文章を書いた作者の気持ちを答えよ、って問題は大得意だ』

『たぶん先輩はわたしの気持ちをわかった上で断ると思うので、直接会って言いたいんです』

『断られるとわかった上で相談してこないでくれないかな』

『わかりました。では譲歩して、会う場所は先輩に選ばせてあげます』

『なんで偉そうなの？　頼み事をしているのはそっちだよね？』

『どこでならわたしと会ってくれるんですか？　中庭とか？』

『中庭は人の目があるから避けたい』

『じゃあ屋上にしましょう。放課後なら誰もいませんよ』

『ちょっと待て。まだ俺は会うと言ってないのだが』

『そんなに来たくないなら、来なくても大丈夫です。ただ、わたしは先輩が来ると信じて、屋上で待ち続けますね。

ちなみに待っている間、先輩が猫と会話している動画を大音量で流す予定なので、他の人に聞かれないことを祈ってください』

……卑怯《ひきょう》なヤツめ。

こう言われたら、行かないわけにはいかないだろうが。

『東校舎と西校舎、どっちの屋上にいるんだ？』

『東校舎です。先輩は優しいですね♪』

　こうして俺は、放課後に会う約束を強引に取り付けられたのだった。

☆　☆　☆

　その日の放課後。俺は帰りのホームルームが終わってすぐ、屋上に向かった。

　だが、そこには誰もいなかった。

　どうやら、早く来すぎたらしい。仕方なく、遠くの景色《けしき》を見ながら時間を潰す。

　3分ほど経《た》ったところでドアが開き、はじけるような笑顔の朝日《あさひ》さんが現れた。

「すみません、お待たせしました。帰りのホームルームが終わってすぐに来たんですけど……」

「いいんだよ、俺が早く来すぎただけだから」

「もしかして先輩、一刻も早くわたしに会いたかったんですか？」

「そんなわけないだろ。例の動画を再生させるわけにはいかないと思っただけだ」

「またまた～、素直じゃないですね～。照れなくてもいいんですよ？」

「いいから早く相談内容を言え」

「えへへ。メッセージでは相談されたくないって言ってたのに、ちゃんと聞いてくれるんですね♪」

「からかうなら帰るぞ」

「あっ！　待ってください！　言います、言いますから！」

大慌ての朝日《あさひ》さんに引き留《と》められ、そちらに向き直る。

「さっき知ったんですけど、仙台《せんだい》駅から電車で20分ほどのところにあるショッピングモールに、『妖精王物語《ようせいおうものがたり》』のＶＲが置かれているらしいんです。設置期間は今月末までみたいなので、都合がいい日に一緒に行ってもらえませんか？」

「ＶＲって、特殊なゴーグルをつけると視界が３６０度、仮想世界になるヤツだよな？」

「それです！　一緒に妖精の世界に行きましょう！」

「うーん……。ＶＲに興味はあるけど、俺そのアニメ、５話で観《み》るのをやめちゃったんだよな」

「えっ⁉　なんでですか⁉　真桜《まお》さんが出演してるんですよ⁉」

「神崎《かんざき》真桜さんが演じてるキャラって、１話で死んじゃっただろ？　話が女性向けっぽくてそこまで好きな内容でもなかったし、観るモチベーションがなくなったというか……」

「あのアニメは8話からが本番なんですよ！　2話から7話までのクオリティはたしかに微妙で、視聴するのは時間の無駄でしかないと感じるのは認めますが、修行だと思って歯を食いしばって観てください！」

「むしろその評価でよく脱落しなかったな」

「真桜さんに対する愛のおかげですね。『妖精王物語』の世界には真桜さんが演じたキャラがいたんだという事実が、わたしに視聴を続けさせました」

「俺には理解できない感覚だな」

「とにかく、後半の展開は本当に最高なので、ぜひ観てください！」

「わかったよ、そのうち気が向いたらな」

「早くしないとVRの設置期間が終わっちゃいます！　月曜日に学校でブルーレイを全巻貸しますから！」

「『妖精王物語』って、たしか全24話だよな？　ブルーレイ全巻って、けっこうな荷物になるだろ」

「わたしは大丈夫です！」

「俺が大丈夫じゃないんだよ。学校でブルーレイを受け渡すのは、誰かに見られる危険度が高いし」

「でしたら今からわたしの家に来て、６話から８話までを一緒に観ましょう！　それで気に入ったら、全巻お持ち帰りしてください！　必ず先輩を沼に引きずり込みます！」

「そんなことを言われても、女の子の家に１人で行くのには抵抗があるんだが」

「拒否するなら月曜日の朝、先輩の下駄箱《げたばこ》にブルーレイ全巻をぶち込んでおきます。下駄箱を見た人たちに、先輩がアニメを嗜《たしな》むことがバレちゃいますね♪」

「……わかったよ。行けばいいんだろ」

ため息まじりに、アニメを布教されることを了承した。

こういう展開に慣れつつある自分が嫌だ……。

「それじゃあ、いったんここで解散して、朝日《あさひ》さんの家の前で合流しよう」

「えっ？　なんでですか？」

「朝日さんと一緒に歩いているところを誰かに見られたくない」

「……先輩、今けっこうヒドいことを言ってるっていう自覚はありますか？」

「安心しろ。見られたくないっていうのは、いい意味でだから」

「いい意味で見られたくないって、どういう状況なんですか……。でも、わかりました。先輩がそうしたいなら、わたしの家の前で再集合しましょう」

朝日さんは最終的に納得したらしく、俺のスマホに自分の住所を送ってきた。

マップで朝日さんが住むマンションを表示させると、仙台《せんだい》駅からかなり近い場所だった。家賃が高そうである。

もしかすると朝日さんの家は、お金持ちなのかもしれない。

「言っておきますけど、もし逃げたりしたら、月曜日に先輩の下駄箱にブルーレイ全巻ですからね？」

「ブルーレイ全巻を脅し文句みたいに扱わないでほしい」

☆　☆　☆

　バラバラに高校を出た俺たちは、約10分後、無事に朝日さんが住むマンションの前で合流できた。

　さっそくマンションのエントランスに入り、エレベーターに乗り込む。

「ちなみに、ご家族は在宅なの？」

「いえ、両親ともに不在です」

「マジかよ。俺みたいなどこの馬の骨かわからない男を連れ込んで大丈夫なのか？　今日は諦めた方がいいんじゃないか？」

「無理やり帰ろうとしないでください。先輩のことは尊敬していますし、信頼もしていますから」

「でも、アニメを観ている途中で親御《み》さんが帰ってきたら気まずいだろ」

「両親が帰ってくるのは早くても20時なので、問題ないです。その気になったら13話くらいまで一緒に観られますよ♪」

そんな会話をしている間に、エレベーターが5階で止まった。

朝日《あさひ》さんに背中を押され、エレベーターから下ろされる。

「大したお構いはできないので、遠慮しないでくださいね」

そう言いながら朝日さんはスマホを操作し、部屋のドアを開けた。スマートロックのようだ。

そのまま先導されて、両親不在の部屋に足を踏み入れる。

えっと、靴って脱ぎ終わってから揃《そろ》えればいいんだよな……？

俺がマナーのことで悩んでいる間に、朝日さんは廊下の突き当たりの部屋に入っていった。急いで後を追う。

そこは朝日さんの個室ではなく、リビングのようだ。

「先輩は何を飲みますか？　お茶と紅茶とコーヒーがありますよ」

「全部無理だから水道水をくれ」

「そういえば先輩って、好き嫌いが激しいんでしたね……」

朝日さんは微妙な表情でつぶやいた後、冷蔵庫を開け、未開封のペットボトルを手渡してきた。

「お客様に水道水を出すのはどうかと思うので、ミネラルウォーターをどうぞ」

「うん、ありがとう」

「それではさっそく、ブルーレイを再生しますね」

「ふと思ったんだけど、8話から面白いなら、7話までの内容は朝日さんに口頭で説明してもらえばいいんじゃない？」

「ダメです。7話までの間にいろいろと伏線が張られていて、そこが後半の面白さに関係してくるんですが、全部は説明しきれないので」

「でも俺、5話までの内容をうろ覚えなんだけど」

「じゃあ1話から観《み》ますか？」

「6話からでお願いします」

こうして、ブルーレイの鑑賞会がはじまった。

フカフカのソファに2人で並んで座り、テレビ画面を眺める。

ちなみに、横にいる朝日さんはコーヒーをブラックで飲んでいる。

先ほどコーヒーミルで豆を挽《ひ》いたもので、いい香りが漂ってくる。

「朝日さん、そのコーヒー苦くないの？」

「ぜんぜん大丈夫です。わたし、好き嫌いがないので」

「だとしてもブラックコーヒーを飲むのは意外すぎる」

「慣れればどうってことないですよ」

「そうなの？　俺、コーヒーの匂いは好きなんだけど、苦味がダメなんだよな」

「ちょっと飲んでみます？」

「いや、いらない」

「そんなことを言わずに、美味《おい》しいですから試してみてくださいよ～」

朝日《あさひ》さんが笑顔でコーヒーカップをほっぺたに押しつけてくる。

熱いし鬱陶しい。

「ていうか、このやり取りをしている間、アニメの内容が頭に入ってこないんだが」

「そんなの、コーヒーの話をはじめた時点まで戻せばいいだけじゃないですか。それより早く飲んでください」

「飲むことは確定事項なの……？」

朝日さんは引く気配がないので、仕方なくカップに口をつける。

「……苦いし酸っぱい」

「この苦味と酸味がいいんじゃないですか～。先輩は舌がお子ちゃまですね～♪」

朝日さんはからかうように言って、コーヒーを啜《すす》った。

「ちなみに朝日さんって、俺と間接キスすることに抵抗はないの？」

「――えっ？」

虚を突かれたらしく、朝日さんは数瞬フリーズした。

「あ、当たり前じゃないですか。小学生じゃないんですから」

「あっ、でも、相手が誰でもいいというわけじゃないですよ？　たとえば同じクラスの男子だったら抵抗がありますけど、先輩なら別にいいかなと思って——って、何を言わせるんですか！」

「そっか」

朝日さんは急に大声を出した後、両手で顔を覆った。

よくわからないが、恥ずかしがっているようだ。

「ちなみに、どんな根拠で俺が相手なら別にいいと思ったの？」

「そこを掘り下げないでください！　セクハラで訴えますよ！」

「なんでセクハラ？　俺は同じクラスの男子に比べて、キチンと口腔《こうくう》ケアをしていそうって思っただけだよね？」

「……はいっ？」

「んっ？」

俺たちは顔を見合わせた。

「なんだか話が噛《か》み合《あ》ってない気がするんですけど、先輩は間接キスをどういう行為だと捉えているんですか？」

「お互いの口内細菌が交換される可能性がある行為」

「どういう思考回路をしてるんですか!?」

「だって、虫歯や歯の汚れがある人の唾液には細菌が多く含まれているだろう？　だから口腔《こうくう》ケアをしていなさそうな不潔な人間とは、同じカップを使うのは衛生的に抵抗があるかと思ったんだけど」

「そんなことは1ミリも考えませんでしたよ！」

「じゃあ朝日《あさひ》さんは、何を基準に間接キスできる相手かどうかを判断するの？」

「そ、それは……」

朝日さんは恥ずかしそうに目を逸《そ》らした。

「なんというか……フィーリングですかね」

「抽象的だな」

「そんなことを言ったら、口腔ケアをしているかどうかも、なんとなくの印象でしかないじゃないですか」

「いや、話している相手が口を開けた時に、歯は黄ばんでいるか、銀歯は何本あるかを見て推測できるでしょ」

「えっ……先輩って話している相手のそんなところを見ているんですか？」

「うん。朝日さんの歯はキチンと手入れされてるよね」

「はい。これまで虫歯になったことは一度もないです。食後は歯ブラシだけでなく、歯間ブラシやデンタルフロスも使ってしっかり手入れしていますから。……まさか歯医者さん以外で口の中を褒《ほ》められる日が来るとは思いませんでしたけど」

朝日さんは微妙な表情でつぶやいた後、ブルーレイレコーダーのリモコンを手に取り、メニュー画面を表示させた。

「とりあえず、アニメをぜんぜん観《み》てなかったと思うので、最初まで戻しますね」

☆　☆　☆

約22分後。『妖精王物語《ようせいおうものがたり》』の6話のエンディングが流れはじめた。

朝日さんはレコーダーを操作してブルーレイディスクを入れ替えつつ、質問してくる。

「先輩、どうでしたか？」

「正直、割と苦痛だった。このアニメを視聴し続けなければならないという事実に絶望している」

「マッサージしてあげますから、引き続き頑張ってください」

朝日さんは立ち上がって俺の背後に回り込んだかと思うと、両肩に手を置き、指圧をはじめた。

朝日さんが力を込める度、長い黒髪が揺れて、シャンプーの優しい香りが漂ってくる。

「先輩、力加減はいかがですか？」

「うん。僧帽筋《そうぼうきん》が適度に刺激されているのを感じるよ」

「そ、僧帽筋……？」

「肩にある筋肉だよ。朝日《あさひ》さんって見かけによらず握力が強いんだね」

「小さい頃から両親にマッサージをしてあげているので、その影響かもしれないです」

「親孝行だな。俺も朝日さんみたいな娘がほしい」

「わたしでよければ、いつでもマッサージしてあげますよ♪」

「最高だな……アニメを観《み》ることによって生まれた疲労が、どんどんなくなっていくのを感じる……」

「プラスマイナス0になるなら、まだ頑張れますよね？」

「そうだな。8話から面白くなるっていうのを信じて、もう少し頑張ってみるよ」

「それじゃあ、7話はソファにうつ伏せになって観てください。わたし、背中をマッサージして差し上げますので」

「いや、他人の家でそこまで本格的なマッサージを受けるのは、さすがにどうなんだろうか」

「遠慮なさらずに～。さぁさぁ、ブレザーを脱いでくださいね♪」

笑顔の朝日さんに促され、俺はソファに寝転がる。

こうして、真横に立つ朝日さんに背中を指圧されながらアニメの続きを観ることになったのだが、気持ちよすぎて睡魔に襲われた。

しかし、寝落ちしたら朝日さんがガッカリするだろうから、必死に耐える。

「朝日さん、マッサージしてくれるのは嬉《うれ》しいけど、疲れない？」

「大丈夫です」

「別にやめてくれてもいいんだからね？」

「わかりました。疲れたら勝手にやめるので、先輩は気にせずアニメに集中していてください」

「そこまでしてこのアニメを俺に見せたいのか……」

結局、朝日さんがマッサージをやめないまま22分が経《た》ち、7話が終了した。

感想としては、相変わらずあんまり面白くなかった。

「お待たせしました、次がいよいよ8話です」

「うん、楽しみにしてるよ」

「ちなみに、もし8話がそこまで面白くないと感じた場合、次は13話まで観てください。13話からもう一段階、さらに面白くなるので」

「13話もそこまで面白くなかった場合、どうすればいいの？」

「その場合は20話までの視聴をオススメします」

「諦めるっていう選択肢はないのか……」

拒否権はないようなので、8話から面白くなることを祈るのみである。

「ところで先輩。このブレザー、ボタンが取れかかっていますよね？」

朝日《あさひ》さんは俺が脱いだブレザーを持ち上げ、袖のボタンを指し示した。

「ああ、そうなんだ。でも袖のボタンって存在理由がないし、別にいいかと思って放っておいたんだよ」

「いやいや、ボタンが取れてなくなったら大変じゃないですか。もしよかったら、先輩が8話を観《み》ている間に付け直しましょうか？」

「えっ？　そんなことができるの？」

「もちろんですよ。先輩も家庭科でお裁縫を習いましたよね？」

「たしかに習ったけど、授業は教科書通りにやっただけで、身についてないよ。テストが終わった時点で玉結びのやり方も忘れたし」

「それくらい覚えておきましょうよ」

「自分の人生に関係ないことは忘れる主義なんだ」

「でも、お洋服のボタンが取れた時に直せた方が便利じゃないですか」

「そうなんだけど、ボタンがない不便さより、修繕する面倒くささの方が勝っているというか……」

「なるほど。じゃあもし今後お洋服の修繕が必要になったら、わたしのところに持ってきてください。すぐに直してあげますから」

そう言って朝日さんは胸を張った。

この子、女子力が高すぎる。

「じゃあ、悪いけどお願いできるかな？」

「了解です！」

朝日さんは元気に返事しつつ立ち上がり、別の部屋からソーイングセットを持ってきて、
修繕の準備をはじめる。

まずは俺のブレザーを膝の上に置き、ソーイングセットに入っている糸と色を見比べていく。

自分のブレザーが朝日さんの膝の上に載っているという状況は、なんとも形容しづらい不思議な感覚である。

朝日さんは将来こうして、旦那さんや子どもの衣服を直すのだろうか。

自分が夫になった気分を味わえて、ちょっとドキドキする……。

「ちょうどブレザーと同じ色の糸があるので、目立たないように直せそうです」

朝日さんはそう言いながら、あっさり針に糸を通し、玉結びを作った。

さらに、取れかかっているボタンの糸を切って取り除いた後、ブレザーに針を刺そうとする。

だがそこで手が止まり、戸惑いがちにこっちを見た。

「……先輩、8話を観《み》ないんですか？」

「うん。珍しい光景だから、ちょっと見ていようかと思って」

「わたしはただお裁縫をしているだけなのですが……」

「でも朝日《あさひ》さん、すごく手慣れているよね。糸を切ってボタンを外す時も迷いがなかったし。俺が家庭科で裁縫をした時は、教科書で何度も作業内容を確認して、おっかなびっくりやっていたのに」

「ボタンを付け直すこと自体は、そこまで複雑な作業じゃないですからね。それより、見られているとやりづらいので、わたしに注目しないでください」

「ああ、ごめん。俺はアニメの続きを観るから、安心して作業を続けてくれ」

俺はソファに座り直し、リモコンを操作して8話の視聴をはじめた。

最初はブレザーの修繕をしている朝日さんが視界に入って気になっていたが、徐々に意識から消えていった。それくらい8話が面白く、話に引き込まれ、文字通り周りが見えなくなったのだ。

気がつけば、8話のエンディングが流れはじめていた。あっという間の22分だった。

「……これまでの内容が嘘《うそ》みたいにメチャクチャ面白かった」

「でしょでしょ？」

いつの間にかブレザーを直し終えていた朝日さんが、得意げに笑った。

「ブルーレイ、全巻借りていく気になりましたか？」

「なった。貸してもらえなかったら、『妖精王物語《ようせいおうものがたり》』を配信している動画サービスに登録して観るレベル」

「えへへ。先輩が沼にハマってくださって嬉《うれ》しいです。あっ、このブレザー、直しましたのでご確認ください」

「ありがとう」

ブレザーを受け取ると、取れかけていたボタンが完璧に直っていた。

「今になってみると、至れり尽くせりだな。マッサージを受けながら面白いアニメを教えてもらって、ボタンまで直してもらって。何かお礼をしないと悪いんじゃないかって気がしてきた」

「じゃあ、次は先輩のオススメのアニメを教えてくださいよ」

「そうしたいのは山々だけど、俺が知っているアニメって、神崎真桜《かんざきまお》さんが出ているのがほとんどなんだよな」

「あー……となるとわたしは全部観ていますね」

「だろ？　だから他の方法を考えないといけないんだ」

マッサージをしてもらい、制服のボタンを直してもらったお礼といえば……。

「3000円くらい払えばいいか？」

「お金で解決しようとしないでください」

「じゃあ逆に、俺にしてほしいことって何かあるか？」

「そうですね……。それなら、今からわたしの自慢話に付き合ってもらってもいいですか？」

朝日《あさひ》さんはそう言って、照れくさそうに微笑《ほほえ》んだ。

「実はわたし、『妖精王物語《ようせいおうものがたり》』を観《み》て妖精になりたくなって、コスプレ衣装を作っちゃったんです」

「えっ？　そうなの？」

「はい。真桜《まお》さんが演じたルナちゃんの衣装なんですけど、完成してから誰にも見せていないんです。なのでちょっと見てもらえませんか？」

「もちろんいいよ」

「ありがとうございます。部屋から取ってくるので、ちょっと待っていてください」

朝日さんは楽しげに言って、リビングから出ていった。

待っている間、机の上に置かれたブルーレイのパッケージに描かれた妖精たちのイラストを眺める。

妖精たちは全員、異世界特有の露出度が高い服を着用している。

緑を基調とした、ビキニアーマーよりは布面積が多いかなというレベルのものだ。

こういう服を着たいと思ったら、コスプレショップに行くか、自分で作るかしかないだろう。

……ヤバい。朝日さんがこの服を着ているところを想像しただけで、心臓の鼓動が早まってきた……。

１人で変な気分になっていると、朝日さんがリビングに戻ってきた。

朝日さんが持っているハンガーには、『妖精王物語』の世界から出てきたとしか思えないクオリティの衣装がかかっている。

「すごい完成度だな。それ、朝日さんが１人で作ったの？」

「はい。イメージに近い布を探すのが大変でした」

「そっか、布を探すところからやらなきゃいけないのか。裁断も自分でやったの？」

「そうですよ。型紙も自作しました」

「もはやプロじゃないか」

「そんなことないですよ。わたしの腕前は人並みです」

「いや、普通の人は服を丸ごと作れたりしないって」

「でも、わたしとしては納得がいっていないところが、けっこうあるんですよ」

「そうなの？　素人目《しろうとめ》には完璧に見えるけどな。……ちなみに、この衣装って実際に着られるの？」

「もちろんです。型紙はわたしのサイズに合わせましたし、完成後に着てみましたが、問題なかったです」

「なるほど」

「……先輩はわたしがコスプレしているところ、見てみたいですか？」

朝日《あさひ》さんはちょっと恥ずかしそうにしながらも、直球の質問をしてきた。

愚問である。知り合いがちょっとエッチな服に着替えたところなんて、見たいに決まっている。

しかし、ここで素直に肯定したら、小バカにされた上で弱みを握られるのが目に見えている。

そもそも、見たいとリクエストしたところで、本当に着替えてくれるとは限らない。普通に考えたら、恥ずかしがって有耶無耶《うやむや》にされて終わりだろう。

朝日さんのコスプレ姿を見られるチャンスを自ら潰すのは残念だが、ここはクールな上級生を演じておくとしよう。

「どっちでもいい」

「もっと興味を持ってください！」

朝日さんは両手を握りしめ、全力で抗議してきた。

傷つけてしまったようなので、少しフォローしておく。

「でもさ、ここで俺が着てほしいって言ったら、それこそセクハラにならないか？」

「あー、たしかに……。とはいえ、まったく期待されていないと、それはそれで傷つきます」

「朝日さんとしては、コスプレしているところを俺に見られたいの？」

「見られたいと表現すると語弊がありますが……本当に着られることを自慢したいという気持ちはあります」

えっ……マジで？

「そ、それなら、自慢されてあげてもいいけど？」

「ありがとうございます。それじゃあ着替えてきますので、先輩は9話を観《み》ていてください」

「りょ、了解」

思わず声を震わせてしまった俺を残し、朝日さんはコスプレ衣装を持ってリビングから出ていった。

想定外の事態である。

気持ちを落ち着けるため、リモコンを操作し、9話の視聴を開始する。

しかし、アニメの内容は面白いはずなのに、煩悩が邪魔をして集中できない。

テレビから視線を外し、テーブルの上に置いてあるブルーレイを手に取って、あらためてパッケージイラストを眺める。

朝日《あさひ》さんがこの服装に着替えていると考えると、胸の高鳴りが治まらない。

今からこの調子では、実際に朝日さんのコスプレ姿を見たら、俺の心臓が持たないのではないだろうか……？

☆　☆　☆

朝日さんが出て行ってから10分ほど経《た》ったところで、唐突にドアが開いた。

すぐさまアニメを停止すると、そこには妖精《ようせい》の衣装に身を包み、金髪のウィッグとエルフ耳を装着した朝日さんが立っていた。

「……こんな感じなんですが、どうでしょうか……？」

リビングの入口に立っている朝日さんが、明後日《あさって》の方向を見ながら質問してきた。

相当に恥ずかしいらしく、俺と目を合わせようとしない。

顔を赤らめながら、露出している胸の谷間を隠している。

これは想像以上の破壊力だ。この子の写真集が発売されたら3万でも買う。

「先輩……？　どうでしょうか……？」

思わず見とれていると、朝日《あさひ》さんが目を合わせないまま質問を重ねてきた。

率直な感想を伝えたら変態以外の何物でもないので、なるべく普通の返答をする。

「プロが作った衣装にしか見えないし、すごく似合っていると思うよ」

「えへへ……。ありがとうございます……」

うつむき加減の朝日さんが、控えめに微笑《ほほえ》んだ。

「…………」

「…………」

それからしばらく、俺たちは黙り込んだ。

お互いに何を言えばいいのか、わからないのである。

朝日さんとは相変わらず目が合わないままだ。

早く何か言わないと、気まずくて死にそうである。

しかし、衣装について下手《へた》に何か言おうものなら、セクハラになりかねない。

いや、でも、朝日さんが自分の意思で着替えたわけだし、気にしなくてもいいのか？

いっそ深く考えず、思いついたことを軽いノリで言ってしまおうか……。

「……せっかくだから、今の姿を撮影してみる？」

そう提案した直後、激しく後悔した。

コスプレといえば撮影だろうという安易な考えが頭をよぎり、とりあえず沈黙を破るために口に出してしまったのだ。

するとそこで、朝日さんが初めてこっちを見た。

「……いいですよ？」

「──えっ⁉　いいの⁉」

「はい。コスプレといえば撮影ですし」

「それはそうなんだけど……本当にいいの？　今の姿を撮影したら、俺が弱みを握ることになるけど……」

「へっ？　これってわたしの弱みになるんですか？」

「そりゃあ、なるだろ。朝日さんが俺以外にこの衣装を見せなかったのは、他人に見られるのは恥ずかしいと思ってるからで、俺が撮影した画像をネットに流出させたら困るんだろ？」

「でも、先輩はネットに流出させたりしないじゃないですか」

「それはそうだけど……」

「わたしは先輩のことを信頼しています。だから、先輩にだったら撮影されてもいいですよ」

朝日さんは俺の目をまっすぐに見すえ、笑顔で宣言した。

俺のことを信頼しきっている。そんな表情だった。

「いくらなんでも、絶対ってことはないだろう？　もしかしたら、俺が裏切るかも」

「大丈夫です。先輩はそんなことはしません。わたしが保証します」

「本人が裏切るかもって言っているのに……」

「わたしは先輩以上に先輩を信頼しているんですよ。先輩はわたしと違って、秘匿性の高い画像をネットに流出させたりしません」

「そっか……」

……んっ？

「なんか今、褒《ほ》められるのと同時に、恐ろしいことを言われたような？」

「事実を述べたまでです。先輩が期限前にイベントチケット優先販売申込券を使ったら、わたしは躊躇《ちゅうちょ》せず猫の動画を流出させます」

「ヒドい話だ……」

「というわけで、わたしのコスプレ撮影会、はじめちゃいます？」

「いや、撮影するっていうのは半分冗談だったんだけど」

「なんでですか。言い出したのは先輩なんですから、責任を取ってください」

「そんなことを言われても、データの扱いに困りそうだし……」

あたふたしながら答えると、朝日《あさひ》さんは不満そうに頬《ほお》をふくらませた。

「へー、そうですか。わたしのコスプレ姿など、撮る価値もないってことですか」

「ちょっと待て。撮る価値がないとは言ってないぞ」

本当は色々な角度から撮影して永久保存したいけど、ここで乗り気になると気色悪いと思われそうだから、涙を呑《の》んで自粛しているだけで――。

「言い訳は聞きたくないです。先輩が乗り気じゃないなら、わたしは勝手に自撮りしますから」

言うが早いか、朝日さんはスマホを構えながらソファに腰を下ろし、俺にもたれかかってきた。

そして画角に俺の姿も収めようとする。

「いや、なんで俺も一緒に写そうとしてるの？」

「せっかくわたしがコスプレしているのに、何の興味も持ってくれない先輩を記念に撮っておこうと思いまして」

朝日さんはふてくされたように言い、さらにこちらに身を寄せてくる。

その瞬間、二の腕にやわらかい感触が伝わってきた。

反射的に視線を下ろすと、俺の腕に触れていたのは、朝日さんの左胸だった。

「――っ!!」

すぐさま目を逸《そ》らし、動揺が顔に出ないよう、必死に堪《こら》える。

しかし、心臓の高鳴りは止まらない。

前にパジャマ姿を見た時も思ったけど、朝日《あさひ》さんって、けっこう胸が大きい……!!

しかも、二の腕に現在進行形で触れているものは、信じられないレベルのやわらかさなのだ。

リアル攻略ゲームでパズルを組み立てている時にも押しつけられたが、あの時よりも、さらにやわらかい気がする。一体なぜ?

そこで大変なことに気がついた。朝日さんのコスプレ衣装は肩が完全に露出しているのだが、肩紐《かたひも》の類いが見当たらないのだ。

もしかして朝日さん、今ブラジャーをつけていないのだろうか……!?


「?　先輩、どうかしたんですか?」

動揺する俺を見て、朝日さんは不思議そうに小首をかしげた。

「な、なんでもない。なんでもないぞ」

必死に心を落ち着けようとするが、ダメだ。

考えないようにすればするほど、意識が二の腕に集中してしまう……!!

「それじゃあ先輩、撮りますよ〜」

「ちょっ、ちょっと待て!」

今の姿を写真に収められるのは、絶対にマズい。

後で見返した時に、俺の二の腕が朝日さんの胸と接触していたことがバレてしまう。

「せっかくのコスプレなんだし、被写体は朝日さんだけにするべきだよ！」

俺は悲鳴に近い声を出し、離脱しようとする。

だが、ソファから立ち上がった刹那《せつな》、朝日さんに右腕を掴《つか》まれた。

「ダメです。一緒に写真を撮るまで、逃がしませんよ」

朝日さんは楽しそうに言って、そのまま俺の腕を抱え込んだ。

2つの大きなふくらみを押しつけられ、極上の感触が伝わってくる。

さっきより状況が悪化してしまったわけである。

しかし、朝日さんはツーショット写真を撮ろうとするのに夢中で、胸を押しつけていることに気づいていないようだ。

とはいえ真実を話すわけにもいかず、朝日さんの純粋無垢《じゅんすいむく》な笑顔を見ながら、俺は罪悪感を覚える。

右腕を包み込むやわらかい感触は、一生涯忘れられそうにない……。

第4話　お嫁さんにしたいコンテスト1位の後輩とVRをしに行く

コスプレした朝日《あさひ》さんの暴走によって俺の理性が試されることになったものの、事件を起こすことなく無事に帰宅した翌日。

今日は土曜日なので、借りてきた『妖精王物語《ようせいおうものがたり》』のブルーレイを早朝から鑑賞しはじめ、そのまま一気観《み》してしまった。

最初は少しずつ観ようと思っていたのだが、途中で止められなかったのだ。

13時に最終話を観終わった俺は、満足感に浸りながら、朝日さんに送るメッセージを作成する。

『最高だった。一刻も早くVRをプレイしたい』

少しは気の利いた感想を書こうとしたのだが、無理だった。

本当に面白い作品に触れると、語彙力《ごいりょく》が低下してしまうのである。

メッセージを送信すると、すぐさま電話がかかってきた。

『先輩に楽しんでもらえて本当に嬉《うれ》しいです!!　いつVRをやりに行きますか!?　いっそ

今から行っちゃいます!?』

「えっ？　今から行ったら、帰りが遅くなるんじゃないか？」

『まったく問題ありません。１時間後くらいにショッピングモールの最寄り駅に集合でいいですか？』

「俺は大丈夫だけど、ものすごく急だな」

『鉄は熱いうちに打てって言うじゃないですか！　ちょっと待ってください、電車時間を調べてみますので！』

「お、おう」

『えーっと、14時35分に着く電車がありますね。それでいいですか？』

「了解。じゃあ駅で合流しよう」

　こうして1分ほどで話がまとまってしまい、俺たちは急遽《きゅうきょ》、一緒に出かけることになったのだった。

☆　☆　☆

　約1時間後。俺が自宅の最寄り駅のホームに着いたところで、朝日さんからメッセージが届いた。

『予定の電車に乗ってみたら全部で2両しかなかったので、電車内で合流しましょう。わたしは先頭車両に乗っています』

やがてホームに入ってきた電車は、たしかに2両編成だった。

先頭車両に乗り込むと、ドア付近にミニスカート姿の朝日《あさひ》さんが立っていた。

「先輩、こんにちは。今日もワガママに付き合ってもらっちゃって、すみません♪」

「…………」

「あれっ？　なんだか元気ないですけど、どうかしたんですか？」

「いや、その……。言い忘れていたんだけど、VRをやる時はミニスカートは控えた方がいいみたいだからさ」

「──えっ？　そうなんですか？」

「うん。公式サイトには『動きやすい服装で』としか書いてなかったんだけど、VRって視界を奪われた状態で動き回るから……」

「なるほど……盲点でした……」

朝日さんは両手でミニスカートを押さえ、申し訳なさそうにうつむいた。

「俺はどこかで適当に時間を潰しているから、いったん家に帰って、着替えてきてもいいぞ？」

「いやいや、さすがにそれは申し訳ないですよ。電車賃もかかっちゃいますし」

「それもそうか」

「ちなみに先輩、今日って何時までに帰らなきゃいけないっていう制約はありますか？」

「ううん、特にないけど」

「それじゃあ、VRの前に一緒に洋服屋さんに行ってもらってもいいですか？」

「ああ、その手があったか。VRは予約してるわけじゃないし、大丈夫だぞ」

「本当にすみません」

「俺が言い忘れたせいでもあるんだし、気にしないでくれ」

「ありがとうございます。先輩は優しいですね。……そういえば、今日は帽子とサングラスとマスクで変装していないんですね？」

「――あっ。忘れてきた」

「それならついでに、サングラスも買いに行きますか？」

「いや、大丈夫」

「でも、わたしと一緒にいるところを知り合いに見られちゃうかもしれませんよ？　いいんですか？」

「その時はその時だ」

「そうですか。先輩も成長しましたね」

「成長というか、朝日さんと2人で一緒にいることが多すぎて、感覚がマヒしてきたのかもしれない」

「えへへ、作戦通りですね♪」

朝日《あさひ》さんは本当に楽しそうに微笑《ほほえ》んだ。

「このまま成長して、一緒にイベントに行くことにも抵抗を感じなくなりましょう♪」

「なんだか、朝日さんの術中にはまっている気がしてきた……」

それから俺たちは、『妖精王物語《ようせいおうものがたり》』の面白かったポイントについて話しはじめた。

時間を忘れて語らっていると、電車が目的の駅に到着した。ショッピングモールはこの駅と直結しているらしい。

ショッピングモールのフロアガイドをチェックした朝日さんは、２階にあるアパレルショップに向かって歩きはじめる。

「わたしが好きなブランドが入っているので、迷わずに済みそうです」

「よかったな。俺は適当に時間を潰しておくから、買い物が終わったら呼んでくれ」

「なにか買いたいものがあるんですか？」

「そういうわけじゃないけど、女性向けのお店に入るのは気まずいからさ。朝日さんが洋服を選んでいる間、手持ち無沙汰になるし」

「でしたら、先輩がわたしの服を選べばいいんじゃないですか？」

「――はっ？」

思わず聞き返したが、朝日さんは「なにか問題ありますか？」と言いたげな顔をしている。

冗談を言ったわけではなさそうだ。

「わたしの服を選べば、店内でヒマになることはないですよね？」

「たしかにそうかもしれないけど……」

「では決定ですね。よろしくお願いします♪」

「ええっ……」

無茶《むちゃ》振りをされ、反射的に逃げようとしたが、すでに袖を掴《つか》まれていた。

「えへへ。逃がしませんよ♪」

朝日さんは不敵な笑みを浮かべている。

どうやら、覚悟を決めるしかないようだ。

朝日さんに引っ張られ、女性向けのアパレルショップに足を踏み入れる。

ざっと見た感じ、低価格帯の商品を多く扱っているようだ。これならそこまで気負わずに選べそうである。

「それで、ロングパンツとハーフパンツ、どっちがいいんだ？」

「どっちでも大丈夫なので、先輩にお任せします」

「予算はあるのか？」

「特にないので、先輩にお任せします」

「好きな色はピンクだったよな？」

「アレはコンテスト用に適当に書いたプロフィールなので、好きな色も先輩にお任せします」

「それはおかしいだろ」

いくらなんでも丸投げしすぎである。

「せめてどういう基準で選べばいいのかを教えてほしい」

「難しく考えずに、わたしに似合うと思うものを選んでください」

そんな難しすぎる注文を受け、店内に並んでいるパンツを眺めてみる。

それからたっぷり10秒ほど思考したところで、結論を告げる。

「全部朝日《あさひ》さんに似合うと思うよ」

「責任から逃れるために適当なことを言わないでください」

「いや、本心だから」

「それじゃあ、わたしに最も似合うと思うものを教えてください」

「……パンツだけ選ぶのは難しいんじゃないかな。トップスとかバッグとかとの兼ね合いもあるし」

「じゃあ全身コーディネートしてくれてもいいんですよ？」

「余計にハードルを上げないでくれ」

「あっ、いいことを思いつきました。今日の先輩が着ている服と同じようなものを買って、双子コーデにするという手もありますね」

「そんな手はない」

いくらなんでも恥ずかしすぎる。

「じゃあ……これでいいんじゃないか？」

俺は無難に細身の黒いロングパンツを指差した。

「なるほど、先輩はこういうパンツを穿《は》いた女性が好きなんですね♪」

「もう二度と女性の服は選ばないと心に誓った」

「冗談ですよ。それじゃあ試着してみるので、ちょっと待っていてください」

朝日さんは俺が選んだパンツを大事そうに抱え、試着室に入っていった。

閉められたカーテンの向こうから、衣擦《きぬず》れの音が聞こえてくる。

今このカーテンの向こうでは、朝日さんがスカートを脱いで、俺が選んだパンツに穿き替えているわけか……。

聞き耳を立てるのは悪いことのような気がしてきたので、試着室から少し距離を取って待つ。

やがてカーテンが開き、着替え終えた朝日さんが姿を現した。

「先輩、どうですか？　わたし的にはいい感じだと思うんですけど」

「うん、俺もいいと思うぞ」

「じゃあこれ買ってきます！」

「――えっ？　そんなにあっさり決めていいの？」

「２人の意見が一致したんですから、問題ないじゃないですか。早くＶＲをやりに行きたいですし」

「朝日《あさひ》さんが納得しているならいいけど……」

結局、朝日さんは試着したままレジに行って会計を済ませ、お店を出た。

「それじゃあ、ＶＲをやりに行きましょう！」

こうして準備ができた俺たちは、ＶＲが設置されているゲームコーナーに向かって、意気揚々と歩きはじめた。

☆　☆　☆

――それから30分後。

俺はゲームコーナーのすぐ横にある休憩所で、テーブルに突っ伏すことになった。

先ほどプレイしたＶＲは、すごいクオリティだった。グラフィックは美麗だし、頭の動きに合わせて景色《けしき》が変わって、本当に『妖精王物語《ようせいおうものがたり》』の世界に入り込んだ気分になった。

ゲーム内で妖精になった俺は自由自在に空を飛び回り、派手なエフェクトの炎魔法でモンスターを攻撃しまくった。

だが、ゲームに没頭していた俺は、途中で違和感を覚えた。

最初は軽い頭痛だったのだが、ゲームが終わる頃には吐き気を催していた。

ゲーム酔いしたのである。

「先輩、大丈夫ですか？」

テーブルに顔を伏せてグッタリしている俺を、朝日《あさひ》さんが心配そうに覗《のぞ》き込《こ》んできた。

「あんまり大丈夫じゃない……」

「ですよね……。お水を持ってきたので、よかったら飲んでください」

「うん、ありがとう……」

紙コップを受け取り、少しずつ嚥下《えんげ》していく。

「ああ……。冷たい水を飲んだら、ちょっと気分がよくなってきた」

「よかったです。でも、無理はしないでくださいね？」

「迷惑をかけてごめん。完全に忘れていたけど俺、三半規管が弱いんだった。前に松島《まつしま》の遊覧船に乗った時も死ぬほど酔ったし……」

「迷惑なんてことはないですよ。こちらこそ、ＶＲに誘っちゃってすみませんでした」

「いや、自分の体質を忘れていた俺が悪いんだ。俺のことはいいから、朝日さんはもっと遊んできたら？」

「いえ、もう十分堪能したので、大丈夫です」

「じゃあ、どこかで買い物してきたら？」

「先輩のことが心配なので、回復するまでここにいます。何かしてほしいことがあったら、遠慮なく言ってくださいね？」

「ありがとう……」

結局、俺はそれから20分ほどダウンしていたのだが、朝日さんは一度も文句を言うことなく、ずっと横にいて励ましの言葉をかけてくれた。本当に優しい子である。

やがて頭痛と吐き気が治まり、俺は顔を上げた。

「おかげ様で、だいぶよくなったよ」

「よかったです。それじゃあ今から、アイスを食べに行きませんか？」

「うん、もちろんいいよ。でもその前に、ちょっとトイレに行ってくる」

「わかりました。わたしはここで待っていますね」

笑顔で手を振る朝日さんに見送られてトイレに向かった俺は、5分ほどで休憩所に戻ってきた。

だが歩いている途中で、席に残してきた朝日さんが、うちの高校の制服を着た女子2人と立ち話をしていることに気がついた。

どうやら、俺が退席している間に友達と遭遇したらしい。

よく見るとその2人は、前に中庭のベンチで朝日《あさひ》さんと話していた子たちだった。

反射的に、あの日の光景が思い出される。

3人で話している朝日さんは上品に笑っていて、推しについて熱弁している時とは別人だった。猫を被《かぶ》っているんじゃないかと疑いたくなるほどに。

――もしかすると朝日さんは、俺と2人でショッピングモールに来ていることを、友達に知られたくないかもしれない。

俺は少し離れた場所に留《とど》まり、確認のメッセージを送ることにした。

『友達と合流して遊ぶなら俺は帰るけど、どうする？』

送信完了してすぐ、朝日さんはスマホを取り出し、メッセージを確認したようだ。

直後、なぜか眉間《みけん》にしわを寄せ、周囲を見回しはじめた。

そして俺と目が合った瞬間、他の2人と一緒にこっちに突進してきた。

「この人が不破大翔《ふわひろと》先輩だよ。勉強が得意で、ずっと学年1位なの」

朝日さんは俺の横に立ち、嬉《うれ》しそうに報告した。

すると女子2人は「『優衣奈《ゆいな》がいつもお世話になっています』」と声を揃《そろ》え、会釈程度に頭を下げた。

「あっ、うん。こちらこそ」

こっそり離脱しようとしたのに、知り合いとして紹介されてしまった。

こういう時どんな表情をしていればいいのか、わからない。

そんな俺を尻目に、3人は話を続ける。

「今日は2人で何をしてたの？」

「先輩に服を選んでもらったり、VRで遊んだりしたよ」

「VRって、優衣奈が好きだっていう女性声優さんが出ているアニメの？」

「うん。無理を言って先輩に付き合ってもらったの」

朝日さんは当然のように肯定した。

驚くべきことに朝日さんの友達は、朝日さんが女性声優オタクであることを知っているようだ。

「それじゃあ、そろそろあたしたちは退散するね」

「不破先輩、優衣奈のことをお願いしますね」

朝日さんの友達はそう言うと、ニヤニヤ笑いを浮かべながら立ち去っていった。

2人を見送った朝日さんは、勢いよくこっちに向き直り、頬《ほお》をふくらませる。

「まったくもう！　隙あらば帰ろうとしないでくださいよ！　そんなにわたしと遊ぶのが嫌なんですか！」

「いや、さっきのは朝日《あさひ》さんに対する気遣いのつもりだったんだけど……」

「意味がわからないです。どこをどう気遣ったら、わたしを残して1人で帰るっていう発想になるんですか」

「だって、俺と2人でここに来ていることを友達に隠したい可能性もあるだろ?」

「どんな被害妄想ですか。先輩じゃないんですから、そんな可能性は絶対に存在しませんよ」

「みたいだな。普通に紹介されたし。……ていうか朝日さんって、友達にオタク趣味のことを隠していないのか?」

「当たり前じゃないですか。むしろ、なんで隠していると思ったんですか?」

「なんでって……」

あの日、中庭のベンチに座っていた朝日さんは、お淑《しと》やかな雰囲気で、上品に笑っていた。

推しについて話している時とは大違いだったので、てっきり友達の前では猫を被《かぶ》っているのだと思っていた。

しかしアレは、偽りの姿ではなかった。

推しについて熱く語る朝日さんも、友達の前で上品に笑う朝日さんも、どっちも本物だったのだ。

「……なんていうか、友達に女性声優オタクだって知られるのは抵抗がないか？　バカにされるかもしれないし」

「バカにされる理屈がわかりません。誰かの活動を応援したいという気持ちは、この上なく尊いじゃないですか」

朝日さんは俺の目をまっすぐに見すえ、断言した。

「でも、現実はそんなに優しくないだろ。……俺、とあるグラビアアイドルが好きだって発言して、女子たちから『気色悪い』って言われまくったヤツを知っているぞ」

「失礼ですが、それは批判する人たちが間違っているんだと思います」

まるであの日の俺を守るように、朝日さんは主張した。

「そもそも、サッカー選手や野球選手を応援するのは良くて、なんでアイドルや声優さんを応援するのはダメなんですか。目標に向かって努力しているという点では同じじゃないですか」

「それは……たぶん、人数の多さだろうな。スポーツ選手を応援する人数に比べて、声優さんを応援する人数は少ないから、バカにされる」

もちろん、そんな価値観は間違っている。総人口が多い趣味の方が高尚だということは、絶対にない。

けれど、それでも俺は、多数派から迫害されることを恐れている。

「――大丈夫ですよ先輩。今後なにがあろうと、わたしはずっと先輩の味方です」

うつむく俺に向かって、朝日《あさひ》さんは優しい口調で告げた。

「学校のクラスなんて所詮、年齢と成績が同じくらいの人をランダムに集めただけのコミュニティです。高校を卒業したら、気が合わない人とは二度と会いませんよ。そんな人たちの目を気にしたところで、いいことなんか1つもありません」

「たしかにそうだけど、そこまで割り切れるものか？」

「実際問題、すべての人に好かれることは不可能なんです。だったら人に趣味を批判されることを恐れるより、わたしと一緒に推しを応援することに時間を使いましょうよ。

わたしは先輩の『好き』という気持ちを未来永劫、全肯定し続けると約束します。だって、好きなものをまっすぐに好きだと言えた方が、人生は楽しいじゃないですか」

「……朝日さんの言うとおりだな」

自分を偽り、優等生として周囲から一目置かれるのは、たしかに気分がいい。

でもそれより、朝日さんと本音で話している方が、遙《はる》かに満たされるのだ。

そのことに気づいた俺はスマホを取り出し、あるサイトを開いた。

それは『神殺《かみごろ》しの巫女《みこ》』のブルーレイについてきた優先販売申込券を使用する、リアルイベントの申し込みページである。

俺は上から順に必要事項を記入していき、最後に聞かれる申し込み人数に『2人』と打ち込んだ。

そして申し込み完了画面を、朝日さんに示す。

「――えっ⁉　先輩、わたしと2人で申し込む気になってくれたんですか⁉」

「ああ。一緒に行くのが朝日さんなら、イベント中にいくら無様な姿をさらしても問題ないって、信用できたから。……それに、朝日さんと2人で行った方が、イベントを楽しめる気がするし」

「先輩……‼　その言葉、ずっと待っていましたよ……‼」

朝日さんは感動したようにつぶやいた後、スマホを取り出し、同じようにイベントの申し込みをした。

もちろん、申し込み人数は『2人』である。

「ちなみにこれ、2人とも当選しちゃったらどうすればいいんですかね？」

「その場合はお金を振り込まなければ自動的にキャンセルされて、チケットは一般販売に回されるみたいだよ」

「さすが先輩、規約を読み込んでいるんですね♪」

朝日さんは笑顔で言った後、さらにスマホを操作する。

そしてスマホ内の『先輩』というアルバムを開いた。

そこには俺が猫に話しかけている動画や、コラボカフェで一緒に撮った自撮り動画などが収められていた。

「約束どおり、これらの動画は削除しますね」

「……ああ」

生返事をした自分に驚いた。心のどこかで俺は、これらの動画を残しておきたいと思ったのだ。

自分が猫に話しかけている姿は、たしかに恥ずかしい。でも、消去してしまうことに抵抗を覚えたのだ。

しかし、朝日《あさひ》さんはアルバム内のすべてのデータを一括で削除した。

その瞬間、言い表しようのない切なさが、俺の胸を貫いた。

まるで、朝日さんと出会ってから今日までの日々を、すべて否定してしまったかのような……。

「これでもう、先輩の弱みはなくなっちゃいましたね。わたしのわがままに付き合わせることもできません」

「……そうだな」

「抽選結果は2週間後くらいにメールで通知されるみたいなので、楽しみにしていましょうね」

朝日さんはそう言って笑ったが、その笑顔はどこか寂しげだった。

第5話　お嫁さんにしたいコンテスト1位の後輩と旅行の計画を立てる

申し込みをしてからイベントの当落が発表されるまでの約2週間、朝日さんからは一切連絡が来なかった。

知り合ってから1週間に1度は必ず何らかのやり取りをしていたので、これだけ音沙汰がないと調子が狂う。

動画を削除したので、連絡してくる口実がないのだろうか。それとも、単に俺に連絡する用事がないだけなのだろうか。

あるいは、体調を崩しているとか……？

いっそこちらからメッセージを送ってみようかとも思ったのだが、実行することはできなかった。

俺は朝日さんのことを邪険に扱い続けていたので、こちらから連絡することに抵抗がある。

朝日さんから連絡が来なくて寂しいのだと思われたくないからな。

そして迎えた11月18日、木曜日。

今日は抽選結果が発表される運命の日なのだが、昼休みになった直後、スマホに1通のメールが届いた。

差出人は『神殺《かみごろ》しの巫女《みこ》』の制作会社で、急いで開いてみると、『厳正なる抽選の結果、残念ながらチケットをご用意することができませんでした』と書いてあった。

ご用意されなかった……。

これでもし朝日《あさひ》さんもチケットが当たっていなかったら、俺たちは二度と会うことはないのだろうか……。

そんなことを頭の片隅で考えながら、朝日さんに宛てた『チケット、落選した』というシンプルなメッセージを作成する。

だがメッセージを送る直前に、朝日さんから電話がかかってきた。

早足で廊下に出て、電話に出る。

『やりましたよ先輩！　イベントに当選しました！』

朝日さんは電話の向こうで喜びを爆発させた。

「マジか！」

『先輩はどうでしたか？』

「ちょうど今、外れたって連絡をしようと思っていたところだったんだ」

『そうですか！　つまりわたしがいなかったら、イベントには行けなかったんですね！』

「そういうことになるな」

『わたしに感謝してくださいね♪』

「もちろんだよ。本当にありがとう」

『──あれっ？　今日は素直ですね？』

「俺はいつも素直だよ」

『素直かどうかは要審議ですが、今わたしは最高に嬉《うれ》しいので、不問にしましょう。とりあえず今日の放課後、東京遠征の打ち合わせをしませんか？』

「了解。朝日さんにはチケットを当ててもらったわけだし、会場までのルート検索とかは俺がやっておくよ」

『よろしくお願いします！　どこで会いますか？　また屋上ですか？』

「屋上だと計画を立てづらいから、空き教室を使わせてもらおう。放課後になったら２階に来てくれるか？」

『わかりました！　楽しみにしていますね！』

☆　　☆　　☆

その日の放課後。俺たちは校舎の端にある空き教室に入り、廊下に近い席に隣り合って座った。

「えへへ～。先輩と同じ教室にいるっていうのは、なんだか新鮮ですね♪」

久しぶりに会った朝日《あさひ》さんは、２週間前と変わらない様子で、無邪気に笑っている。

「先輩と同級生になった気分になって楽しいです♪　わたしたち、もし同じクラスだったらどんな感じだったんでしょうね？」

「想像したら頭が痛くなってきた」

「なんでですか！」

「今は年上ってことで多少は気を遣われているけど、朝日さんが同い年だったら、激しい無茶《むちゃ》振りをされるだろうし」

「そんなことしないですよ！」

「本当か？　同じクラスの男子に『コラボカフェで全メニュー頼め』なんて言ったことないの？」

「あるわけないじゃないですか！　そもそもわたし、同じクラスの男子とはほとんど話したことがありませんし」

「えっ？　そうなの？」

「はい。男の子って何を考えているのかわからないから、話すのは苦手なんですよね」

「俺も一応、男なんだが？」

「なぜか先輩は異常に絡みやすいんですよ」

「俺、クラスでは哲学書を読む優等生っていう、この上なく絡みづらいキャラでやっているんだけど」

「そう言われてみれば……。先輩って、下手《へた》な宇宙人より何を考えているのかわからないことがありますもんね」

下手な宇宙人って何だよ。

「そもそも俺たちって、朝日さんが話しかけてきたことで知り合ったんだぞ？　てっきり誰に対しても高いコミュニケーション能力を発揮するものだと思っていたんだが」

「先輩はわたしと同じアニメを好きだってわかっていたから、話しかけることに抵抗がなかったのかもしれません。あと、あの時の先輩は猫と無邪気にたわむれていたから、ものすごく話しかけやすかったですし」

「あー、なるほど。そういう理屈か」

そういえば、男性が女性をナンパする際に犬を連れていると、優しい人に見えて成功率がアップするという話を聞いたことがある。

猫とたわむれていたことで俺が優しい人間に見え、朝日さんの警戒心を解いたということか。

つまり、俺たちが出会ったシチュエーションは、奇跡的なものだったわけだ。

影山《かげやま》がブルーレイを買うところを見られていなければ、そして俺が猫に話しかけていなければ、俺たちは一緒にイベントに行くことにならなかったのだから。

「それでは、東京遠征の計画を立てましょうか」

「そうだな。確認するけど、イベントは12月11日の土曜日で間違いないよな？」

「はい。開場が13時30分で、14時に開演らしいです」

「念のため、13時には会場に着くようにしよう」

俺はスマホを操作し、昼休みに検索しておいた会場の最寄り駅までのルートを表示させる。

「大体、仙台《せんだい》を10時30分くらいに発車する新幹線に乗ればよさそうだな」

「こういう時、先輩は頼りになりますね」

「このくらい、誰にでもできるよ」

「そんなことないですよ。わたし、新幹線で東京に行ったことがないので、苦手意識があるんです。先輩はよく上京するんですか？」

「姉が東京で働いているから、1年に1回は家族で遊びにいくかな」

「前に言っていた、先輩を声優オタクにした英才教育のお姉《ねえ》さんですね。1年に1回は羨ましいです。やっぱり東京って楽しいんですか？」

「リアルイベントがそこら中で開催されているし、いろんなジャンルの最先端のものが集まっているから、そういうのが好きな人は楽しいんじゃないか？」

「聞いているだけでワクワクしてきました！　今度先輩の家族旅行にわたしも同行させてください！」

「どう考えても気まずいだろ」

「先輩のご家族なら、すぐに馴染《なじ》める自信があります！」

「本当に実現しそうで怖い」

朝日《あさひ》さんって最初の壁を乗り越えたら、コミュニケーション能力の化け物みたいなところがあるからな……。

「それじゃあ、新幹線のチケット予約は俺が2人分やっておくけど、座席は隣同士にするか？」

「当たり前じゃないですか。そんなにわたしと一緒にいたくないんですか？」

「いや、今のは普通の確認だと思うんだけど」

「どういう思考をすれば同じイベントに行くのに座席はバラバラっていう結論にたどり着くのか、さっぱりわからないんですが。知らない人の隣になるより、先輩が隣にいた方がいいに決まってますよね？」

「そういうものなのか」

「……もしかして先輩は、新幹線で隣の席にわたしが座るのも知らない人が座るのも大差ないって思ってるんですか……？」

朝日《あさひ》さんが不安そうに質問してきた。

「安心しろ。さすがにその2択だったら前者を選ぶ」

「ならよかったです」

「ちなみに、イベントの終了時刻は何時になっている？」

「16時の予定ですね」

「了解。帰りの新幹線は少し余裕を持って予約するとして……ついでに東京でどこか行きたいところはあるか？」

「たくさんあります」

朝日さんは拳を握り、力強く宣言した。

「それなら行きたい場所をリストアップしておいてくれ。優先順位も付けておいてくれると、予定を組む上で助かる。終電は21時30分くらいだから、可能なかぎり希望を叶《かな》えられるようにするよ」

「ありがとうございます！　優先順位も考えるとなると、ちょっと時間がかかりそうですけど」

「あんまりギリギリに予約したくないから、来週の金曜までにリストを提出してくれ」

「頑張ります！」

気合いを入れた朝日さんは、スマホのスケジュールを眺めながら、なぜかため息をついた。

「ん？　どうかしたのか？」

「いえ、これで翌日のイベントも当選していたら、完璧だったんだけどな～と思いまして」

「翌日のイベント？」

「ブルーレイ発売記念イベントの翌日は12月12日で、真桜《まお》さんのお誕生日じゃないですか？　東京で生誕記念イベントがあって、絶対行きたかったんですけど、そっちは外れちゃったんですよね……」

「あー……。そのイベント、俺も申し込んでいたんだけど、外れたんだよな。そっちは先行抽選販売みたいなのはなかったから、倍率が高かったんだろう」

「残念ですよね……。誰かチケットを譲ってくれないですかね……」

朝日さんは再度ため息をついた。

そんな横顔を見ていたら、なんとかしてあげたいという気持ちがわいてきてしまった。

☆　　☆　　☆

その日の夜。俺は東京に住む姉に電話をかけ、『神殺《かみごろ》しの巫女《みこ》』のリアルイベントに当選したことを報告した。

「というわけで友達と2人で日帰りで上京するんだけど、なにか会う用事ってあったりする？　ちょっとくらいなら会場付近で会うことは可能だと思うんだけど」

『んー、特にないかな。あんたも友達と一緒にいる時に姉と会うのは微妙でしょ？』

「たしかにね」

『にしても、あんたって本当に無駄なことをするわね。イベントのチケットがほしいなら、関係者席を用意してあげるのに』

姉は苦笑まじりに言った。

「いや、姉《ねえ》さんの力を使うのはドーピングみたいで卑怯《ひきょう》だし、他のファンと同じ条件で神《かん》崎《ざき》真《ま》桜《お》さんを応援したいんだよ。特に俺は、まだファン歴が半年のにわかだし」

『相変わらず堅物ねぇ。真桜だって、あたしの家族ならぜひ招待してくださいって言ってくれているのに』

姉は神崎真桜さんのことを、当然のように呼び捨てにした。

俺の姉は、神崎真桜さんのマネージャーなのである。

姉はオタクをこじらせて声優さんの所属事務所に就職し、今年の春から神崎真桜さんのマネージャーになった。

これを聞いた人はすごい幸運だと思うかもしれないが、姉を知っている俺からすると、努力した結果だと納得するだけである。

姉はずっと、声優さんのマネージャーになるためだけに生きてきた。

マネージャーを養成する専門学校に入り、学生時代からイベント運営やゲーム製作などの業務に積極的に携わって、経験を積みつつ人脈を広げていった。

その中でパソコンスキルが高い方が重宝されると気づき、動画編集からWebサイト作成まで、大抵《たいてい》のことは1人でできるようになった。

さらに、今後は海外の人と仕事する機会が多くなるだろうと予想し、英語や中国語を猛勉強した。

姉はいつどんなチャンスがやって来てもいいように、全力で準備し続けたのである。

すべては、自分の夢を叶《かな》えるために。

そんな姉を、俺は尊敬している。だからこそ、軽い気持ちで頼れないのだ。

姉が死ぬほど努力して手に入れた成果に、ただ乗りするのはみっともない。

もっとも、尊敬していると伝えるのは照れくさいから、「ドーピングみたいで卑怯」と言い訳しているのだが。

「ちなみに、12月12日にある神崎真桜《かんざきまお》さんの生誕記念イベントって、チケットを追加で販売する予定があったりしない？」

『今のところないわね。何？　来たいの？』

「そりゃあ、行けるなら行きたいというか……」

『関係者席なら、まだ少し空きがあるけど？』

姉は楽しげに言った。笑いを堪《こら》えているところが目に浮かぶ。

ここでチケットを頼むのは、俺の信念に反する行為だ。

しかし、たとえ自分の信念を曲げてでも、朝日《あさひ》さんの笑顔が見たい。

「……実は、一緒に東京に行く友達が、俺以上に神崎真桜さんのことが好きなんだ。俺の分はいらないから、その友達の分のチケットを確保してもらえないかな？　こんなお願いをするのは、今回が最初で最後だから……」

するとと姉は電話の向こうで吹き出した。

『あんたって本当、素直じゃないわね。でもわかったわ。席を確保しておくから、期待して待ってなさい』

☆　　☆　　☆

翌朝。目を覚ますと、姉からメッセージが届いていた。

ベッドに寝転がったまま内容を確認する。

『関係者席を2人分用意したから、あんたも来なさい。拒否するなら2席ともキャンセルするから。

ちなみに関係者席といっても、観覧場所に他のお客さんとの違いはないから、変に緊張しなくていいわよ』

どうやら、拒否権はないらしい。

……なるほど。朝日さんと一緒に、俺も生誕記念イベントに参加できるわけか。


何それ？　最高すぎない？


推しのマネージャーをやっている姉がいるって、無敵じゃない？

思わず頬《ほお》が緩み、ガッツポーズをする。

これまで姉のコネはなるべく使わないというスタンスでやってきたが、こんな簡単に願いが叶《かな》ってしまうと、クセになりそうだ。

きっと薬物に溺れる人たちって、こんな感じなのだろう。

これは禁断の果実だ。１回でも手を出したらアウトなのは、わかっている。

でも、拒否権がないなら仕方ないよなー。

なるべく姉の力は使いたくなかったけど、2人分の席が用意されちゃったら、行かないわけにはいかないよなー。

とはいえ、関係者の権利を乱用するとヤバいことになりそうだ。交通費は自腹なわけだし、今回かぎりにしないと……。

ひとまず姉に感謝のメッセージを送った後、チケットが手に入ったことを朝日《あさひ》さんにどう伝えればいいかを考える。

朝日さんは基本的にいい子だが、推しが関連していると、理性のたがが外れることがある。

俺の姉が神崎真桜《かんざきまお》さんのマネージャーだと知ったら、何を言い出すかわからない。

もし俺が逆の立場だったら、「綺麗事《きれいごと》を言っていないで姉のコネを最大限に使うべきだ」と主張するだろうし……。

結局、姉が関係者であることは伏せ、『姉から神崎真桜さんの生誕記念イベントのチケットを2人分、譲ってもらった』とだけ書いたメッセージを送った。

すると、2秒後に電話がかかってきた。

『どどどどどういうことですか⁉』

「落ち着け。書いた通りだ」

『そんな奇跡が起きるわけがありません!!　新手の詐欺じゃないんですか⁉』

「チケット詐欺じゃないって。譲ってくれたのは俺の実の姉だから」

『お姉《ねえ》さんが詐欺師である可能性はないんですか⁉』

「混乱してるのはわかるけど、だいぶ失礼なことを質問している自覚はあるか？」

とはいえ、やはりチケットが手に入った理由が必要だったか。

適当に話をでっち上げるとしよう。

「実は、姉は友達と３人でイベントに行こうとしていたんだけど、友達２人の都合が悪くなったらしい。それで余ったチケットをどうするか悩んでいたところ、俺が朝日さんのおかげでリアルイベントに行けると知って、弟が世話になったお礼として譲ってくれたわけだ。だから遠慮せずに受け取ってくれ」

『ほ、本当にいいんですか？』

「ああ」

『これって現実なんですよね？　ドッキリだったら許しませんよ？』

「まだチケットは届いていないけど、嘘《うそ》じゃないから」

――と、そこで俺はふと、肝心なことを確認し忘れていたことに気づいた。

「今さらだけど、来月の東京遠征、泊まりがけになっても大丈夫か？　一応、２日連続で日帰りで上京してもいいと思うけど……」

『いえ、親は許してくれると思うので、1泊2日で大丈夫です。……ただ、先月と今月でたくさんお金を使っちゃったので、ホテル代が痛いかもしれません』

「たしかに。往復の新幹線で2万円ちょっとかかって、さらにホテル代となると、かなりの出費になるな」

探せば安いホテルはあるかもしれないが、朝日《あさひ》さんが泊まることを考えると、ホテル代はケチらない方がいいだろう。

女の子が一緒なら、ホテルは駅から近くて、セキュリティがしっかりしていることは絶対条件だろうからな。

『とりあえず、東京遠征の計画は練り直しになりましたね』

「ああ。まだ新幹線の予約をしていなくて、よかったよ」

『ちなみに先輩、今日の放課後って用事はありますか?』

「特にないよ」

『それじゃあ、昨日と同じように空き教室で打ち合わせをお願いできますか?』

「もちろん。それじゃあ、また放課後に」

☆　☆　☆

その日の放課後。

昨日と同じ空き教室で会った朝日さんが、こんな提案をしてきた。

「クラスの友達に教えてもらったんですけど、複数人で新幹線とホテルを一緒に予約すると、割引になるらしいんです。２人でホテルを同じ部屋にした場合、割引が発生して新幹線代＋ホテル代が１人２万円で済むみたいです」

「なるほど。それで？」

「少しでも遠征費を浮かせるため、ホテルは同じ部屋に泊まりませんか？」

「――はっ？」

朝日さんが何を言っているのか、すぐには理解できなかった。

「俺たちって、血が繋《つな》がった兄妹《きょうだい》だったっけ？」

「１ヶ月《かげつ》前に知り合ったばかりの他人です」

「となると、同じ部屋に泊まるっていうのはマズいんじゃないかな？」

「わたしと先輩なら大丈夫ですよ。……大丈夫ですよね？」

朝日さんは俺の目をまっすぐに見すえ、質問してきた。

ものすごく純真な眼差《まなざ》しである。

きっとこの子は、赤ちゃんはコウノトリが運んでくるのだと信じているに違いない。

そんな朝日さんの期待を裏切らぬよう、一緒に泊まったらどうなるかを、ちょっとシミュレーションしてみる。

新幹線代＋ホテル代で1人2万円ということは、おそらくビジネスホテルに泊まるのだろう。部屋は1つで、ベッドは並んで置かれているに違いない。

朝日《あさひ》さんが俺と同じ部屋で着替え、お風呂を交互に使い、夜はすぐ横で寝息を立てるわけだ。

うん。まともに寝られる気がしない。

もちろん、この上なく理想のシチュエーションではある。

しかし、せっかくのイベントを100パーセント楽しむため、部屋は別々にして、夜はしっかり寝ておきたい。

とはいえ、睡眠不足になりそうだから同室は無理だと伝えるのは、小っ恥《こぱ》ずかしい。

こうなったら、一緒にシミュレーションしてもらうことにしよう。

「朝日さんって、あんまり旅行しないんだよね？　ということは、ビジネスホテルがどういうところで、どういう問題が起こりえるかを、よくわかってないんじゃない？」

「たしかにそうですね」

「じゃあ俺と一緒に泊まっても大丈夫かどうかを、一緒に考えてみよう」

「お願いします」

「まず、ビジネスホテルは基本的に部屋が1つしかない。つまりプライベート空間がなくて、着替える時や荷物整理の時は、相手の視線を気にしないといけないんだ。トイレは狭いから、着替えたりするのは大変だろうし」

「それはちょっと困りますね。でも、どちらかが着替える時はもう片方が一時的に部屋の外に出るってルールにすれば、対応できる気がします」

「着替えの時はそれでいいかもしれないけど、荷物整理の時はどうする？　いちいち部屋から出てもらうのは面倒だろう？」

「わたしのバッグには見られて困るようなものは入っていないので、大丈夫です」

「だとしても、バッグの中を他人に見られるのって嫌じゃないか？」

「ぜんぜん問題ないです。ほら、このように」

言うが早いか、朝日さんは持っている鞄《かばん》を開けて中を見せてきた。

中には教科書数冊と筆箱とペットボトルがキチンと収納されていた。

「いや、女子って普通、バッグの中を見られることに抵抗を覚えるものじゃないか？　少なくとも、俺は嫌なんだけど」

「それじゃあ、先輩が荷物整理をする時はわたしは部屋の外に出るので、遠慮なく言ってください」

「くっ……」

俺の方が女々《めめ》しいことが露呈しただけで終わってしまった。

こうなったら、あの事実を伝えることにしよう。

「問題は他にもある。ビジネスホテルはお風呂とトイレが一緒になっていることが多いんだ」

「噂《うわさ》には聞いたことがあります。ユニットバスというものですよね？　実物を見たことがないので、楽しみです」

「ポジティブに考えているところ悪いけど、ユニットバスってけっこう不便なんだよ？　俺たちが同じ部屋に泊まったとして、朝日《あさひ》さんの入浴中に俺がトイレを使いたくなったら、どうなると思う？」

「あー……」

「ビジネスホテルでは、共用のトイレがすべての階にないことがほとんどだ。フロントがある階にはあると思うけど、エレベーターがすぐに来るとは限らない。上層階の部屋だったらアウトだ」

「お風呂とトイレの間に、仕切りみたいなものはないんですか？」

「浴槽から水が漏れないようにするシャワーカーテンっていうものはあるけど、俺の経験だと半透明なことが多いから、死ぬほど気まずいと思う」

「たしかに……お互いに見られたくない格好《かっこう》をしているわけですからね……」

「マジで地獄だろうな」

「そういう時って、どういう会話をすればいいんですかね？」

「どう考えても談笑している場合じゃないだろ」

「でも、無言だと余計に気まずくないですか？　いっそ笑い飛ばしちゃった方がいいと思います」

「相当メンタルが強くないと、笑い飛ばすのは不可能だと思うが……」

自分のトイレ中、半透明のシャワーカーテンの向こうに、全裸の朝日さんがいるところを想像してみる。

うん。パニックになって、まともに話ができる気がしない。

「それなら、今から練習してみますか？」

「えっ？　何を？」

「友達と2人でビジネスホテルに泊まることって、オタク活動をしていたら頻繁に起こりえると思いませんか？　なので、そういう危機的状況でどう行動すべきかを、シミュレーションしておいた方がいいと思うんです」

「……一理あるかもしれないな」

「でしょう？　そこで質問なんですが、先輩はトイレをしている時、入浴中のわたしからどんなことを言われたら嬉《うれ》しいですか？」

前提条件がカオスすぎる。

「そうだなぁ……。『オシッコの勢いが凄《すご》いですね』とか？」

「そんな褒《ほ》め言葉は地球上に存在してはならないと思います」

同感だ。

「百歩ゆずってわたしがそのセリフを言った場合、トイレ中の先輩はなんて返答するんですか？」

「うーん……。『君が隣にいるとオシッコが捗《はかど》るよ』とか？」

「えっ……わたしにそんな力が……？」

「朝日《あさひ》さんの特殊スキル『仲間キャラの排尿能力の強化』」

「そのスキルを使って異世界で無双するアニメが作れそうですね」

「無理に決まってるだろ」

あらすじ1行目の時点でクソアニメ確定である。

とはいえ、内容は少し気になる。水鉄砲でモンスターを倒していくんだろうか……。

「とりあえず、お風呂に入っている最中にオシッコの勢いに言及《げんきゅう》できる対応力があれば、人として最強だと思う。――ただ、朝日さんは女子として終わってしまう気がする」

「間違いないですね。でも、そもそも先輩って、わたしのことを女子として見ていないですよね？」

「――はっ？」

朝日さんが突然、理解不能なことを言い出した。

「いや、そんなことはないと思うけど」

「少なくともわたしは、女子として扱われた記憶がありません。だからこそ同じ部屋でもいいんじゃないかって思ったわけですけど」

「それを言ったら、俺も朝日さんから男として扱われた記憶がないんだけど。可愛《かわい》いって言われたこともあるし」

「言われてみれば……。じゃあ今日から先輩のことを男性として扱うので、わたしのことも女子として扱ってください」

「これまでも女子として扱っていたつもりだったんだが……」

「わたしには伝わっていません」

「わかったよ。でもさ、女子として扱うって、具体的にどうすればいいんだ？」

「とりあえず、『可愛い』って褒めてください」

「朝日さんは可愛い」

「心がこもってません！　嘘《うそ》っぽいです！」

「いや、本心なんだけど」

「本当ですか？　投げやりに言ってるようにしか聞こえないんですけど」

朝日さんは疑わしそうな視線を向けてきた。

「そこまで言うなら、もう二度と朝日《あさひ》さんの容姿については言及《げんきゅう》しないことにする」

「拗《す》ねないでください。たとえ心がこもっていなくても、嬉《うれ》しくないわけじゃないんです。嘘《うそ》っぽくてもいいので、もう1回言ってください」

「朝日さんは可愛《かわい》い」

「もう3回」

「朝日さんは可愛い可愛い可愛い」

「あと5回」

「朝日さんは可愛い可愛い可愛い可愛い可愛い」

「追加で100回♪」

何これ？　新手の拷問？

「口が疲れたから、もう終わり」

「えー！　じゃあ最後にもう1回だけお願いします！　スマホで録音しておくので！」

「絶対に嫌だ。どうせ新しい脅しの材料にするつもりだろ」

「そんなことしないですよ！　勉強で疲れた時に聞くだけです！」

「その音声データにヒーリング効果はないぞ」

「あるんですよ！　お願いします！」

「絶対に嫌だ」

「はぅ……こんなことなら、最初から録音しておけばよかったです……」

朝日さんは口をとがらせ、肩を落とした。

「それより、そろそろ俺のターンにしてほしいんだけど」

「次は先輩を男性扱いすればいいわけですね。――男性といえば力持ちなので、ひとまず荷物を持ってもらいましょうか」

「俺にとってマイナスでしかない」

「あとは、先輩が筋トレしているところを横で見守ってあげるとか？」

「ただの罰ゲームじゃないか」

「男性扱いって難しいですね……。ちなみに先輩は、わたしにどんなことをしてほしいんですか？」

「直接聞かれると返答に困るが、さっきのお返しに、俺のことを『格好《かっこ》いい』って言ってみるとか？」

「それは恥ずかしいから無理です」

「なんで!?」

「先輩と違って、わたしは羞恥心を備えているんです。異性を軽々しく褒《ほ》めたりできません」

「人には散々言わせたくせに……」

「話を戻しましょう。ホテルの部屋を一緒にするのはやめた方がいいのでしょうか？」

「本当に拒否しやがった」

なんという理不尽。

もっとも、途中から話が脱線しまくっていたので、朝日《あさひ》さんの判断は正しいわけだが。

「そうだな。朝日さんのご家族は俺という人間を知らないわけだし、同じ部屋に泊まると知ったら心配するだろう。だからまずご家族に相談して、予約するのは許可を取ってからにしよう。下手《へた》したら、泊まりがけで旅行すること自体を却下されるかもしれないわけだし」

「了解しました！」

話がまとまり、ひとまず本日の打ち合わせは終了となった。

そしてその日の夜、朝日さんから『お父《とう》さんに事情を話したらホテル代をもらえたので、別々の部屋で大丈夫になりました』というメッセージが送られてきたため、俺は新幹線の指定席とホテルの部屋を2人分、予約したのだった。

第６話　お嫁さんにしたいコンテスト１位の後輩とホテルに泊まる

それから３週間ほどの月日が流れ、12月11日。

今日は東京遠征当日である。

朝の10時に仙台《せんだい》駅西口に着いた俺は、黒いロングパンツ姿の朝日さんと合流した。

朝日さんが持っているのは、大きめの青いバッグだけだった。女性にしては荷物が少ない。

「先輩、おはようございます。本日はよろしくお願いいたします」

朝日さんは妙にかしこまった口調で言い、深々と頭を下げた。

「おはよう。なんだか様子がおかしいけど、もしかして緊張している？」

「はい……。わたし、学校行事以外で新幹線に乗るのは初めてなので、心細くて……」

朝日さんは心底不安そうにつぶやいた。

「もし途中で先輩とはぐれたら、人生終了じゃないですか……？」

「勝手に幕を閉じるな。いくらでもリカバリーできるだろ」

「本当ですか？　もう二度と宮城《みやぎ》に戻ってこられないんじゃ？」

「東京を前人未踏の地だとでも思っているのか？　もしはぐれたとしても、絶対に俺が見つけ出すから、大船《おおぶね》に乗ったつもりでいろ」

「ありがとうございます。それじゃあ、よろしくお願いしますね」

朝日《あさひ》さんは笑顔になったかと思うと、当然のように俺の上着の裾を握った。

「……なんで服を掴《つか》むの？」

「？　なんでって、こうしておけば、はぐれる確率が下がるじゃないですか？」

「……まぁ、それで不安がなくなるならいいんだけどさ」

ツッコミを入れるのは可哀想《かわいそう》なので、俺は上着を引っ張られつつ、新幹線の改札に向かって歩きはじめた。

朝日さんは俺を信じて、すぐ後ろをついてくる。

まるで小さい子どもみたいだ。

新幹線の到着まではまだ少し時間があるので、ホームに直行せず、待合室にある椅子に朝日さんと並んで腰かけた。

「……ところでさ、朝日さんの今日の服って、もしかして前に俺が選んだヤツ？」

黒いロングパンツを指差すと、朝日さんは頷《うなず》いた。

「今日は先輩とお出かけなので、着てきました」

「そっか。ちゃんと着てくれているって知って、安心したよ」

「気に入ってなかったら買いませんよ。先輩は本当に心配性ですね」

「そんなことを言われても、他人の洋服を選ぶのは初めてだったし。朝日さんも逆の立場になったらわかるよ」

「じゃあ今度、先輩の洋服を選んでもいいですか？　これでもかっていうくらい派手なジャケットを着せてみたいです」

どんな欲求だよ。

「派手なジャケットなんて、買っても着る機会がないだろ」

「試着して遊ぶんですって」

「お店の人の迷惑になるようなことはしたくない」

「……わかりました。ちゃんと普段使いできそうなものをチョイスするようにします。それなら一緒に買い物に行ってくれますか？」

「まぁ、朝日さんが選んだ服を買わなくても怒らないなら」

「当たり前じゃないですか、怒ったりしませんよ。いつ行きますか？　いっそ東京のデパートでショッピングします？」

「いや、旅行中に荷物を増やしたくないから、宮城に戻ってきてからにしよう」

「は〜い。楽しみにしていますね♪」

そんなやり取りをしていると、新幹線がホームに到着する時刻が迫ってきた。

「そろそろホームに行こうか」

「了解です」

立ち上がると同時に、朝日《あさひ》さんがふたたび俺の上着の裾を掴《つか》んできた。

そんなに新幹線に乗ることが怖いのか……？

そのままホームに移動した俺たちは、やって来た新幹線に乗り込み、チケットを眺めながら自分たちの席を探す。

「――あった。ここだ」

2人がけの席を指し示すと、朝日さんの表情が晴れ渡った。

「こんなにスムーズに席を見つけられるなんて、すごいですね！　魔法みたいです！」

「ただ切符に書かれている情報に従っただけだ。それより、新幹線内で使わない荷物があったら荷物棚に載せるから、言ってくれ」

「ありがとうございます。それじゃあ必要なものだけ取り出しますね」

朝日さんはバッグを開け、たくさんのお菓子を取り出しはじめた。

「朝日さん、それって？」

「300円分のお菓子です！」

「あー、なるほど」

「先輩は買ってこなかったんですか？」

「うん。その発想はなかったかな」

「仕方ないですね～。分けてあげますから、一緒にお菓子パーティをしましょう♪」

朝日さんはドヤ顔で恩着せがましく言ってきた。

旅行初心者なのに、移動時間を全力で楽しんでいるな。

「先輩、何を食べます？　まずはチョコですか？」

「あー、ごめん。俺、チョコレートって苦いからダメなんだよ」

「へっ……？　苦い……？」

朝日さんは心底から理解できないという表情になった。

「今、わたしたちってチョコの話をしているんですよね？」

「そうだよ。ホワイトチョコはそうでもないけど、茶色いチョコには苦味があるだろ」

「こんなに甘いのにですか？」

「甘い中にも苦味を見つけてしまうんだよ。似たようなものだと、プリンのカラメルソースも苦いから食えない」

「チョコとプリンが嫌いな人って、この世に存在するんですか!?」

「プリンの黄色い部分は食べられるんだけど、カラメルソースはマジで無理」

「先輩ってお菓子にも好き嫌いがあるんですね……。生きるのが大変そう……」

「同情してくれてありがとう。アレルギーじゃないから、我慢すれば食べられるんだけどな」

「いえいえ、無理しないで大丈夫ですよ。わたしもチョコミントが苦手なので、気持ちはわかりますから」

「そうなんだ？　俺、チョコミントは大好きなんだけど」

「なんでですか⁉　チョコとミントなんですよ⁉　チョコは苦くて、ミントはスースーするじゃないですか⁉」

「ミントやハッカみたいな、スースーするのは大丈夫なんだよ。あとミントが好きすぎて、チョコミントに入っているチョコの苦味は我慢できる」

「先輩の好き嫌いの法則がわかりません！　そんなに好き嫌いが激しいのに、ミントが大丈夫なのはおかしくないですか……⁉」

「そんなことを言われても。朝日《あさひ》さんはミント味が苦手なの？」

「はい。なんか、歯磨き粉みたいな味がするじゃないですか？」

「あー、それよく言われるよな。でもさ、歯磨き粉って美味《おい》しいだろ？」

「先輩の味覚って一体どうなっているんですか⁉」

「自分でもよくわからん」

「とりあえず、今後どうしてもチョコミントを食べなければならない状況になった場合、かわりに先輩に食べてもらうことにしますね」

「どんな状況だよ」

「チョコミントを食べないと部屋から脱出できないデスゲームに巻き込まれたとか？」

「さすがに死が迫っているなら頑張って食えよ」

そんな話をしながらも、朝日さんはポテトチップスやクッキーの袋を開けていく。

俺たちのテーブルの上は、あっという間にお菓子でいっぱいになった。

幼稚園児が企画したパーティみたいで楽しい。

「ていうかこの量のお菓子って、３００円じゃ買えなくないか？」

「バレましたか。実は買いたいものが多すぎて、１０００円くらい使いました」

何のために嘘《うそ》をついたんだよ。

「昨日まで期末テストで大変だったので、自分へのご褒美です。今日から東京遠征って、最高のタイミングですよね」

「たしかに。期末テスト前だったら、移動中にテスト勉強することになるもんな」

「それはそれで楽しそうですけどね。先輩に勉強を教えてもらえますし。ちなみに先輩は今回も学年１位を取れそうなんですか？」

「ああ。自己採点してみたけど、割といい線いってると思う」

「えっ。わたし、自己採点をする人って初めて見ました。１週間後には先生が採点してくださった答案が返ってくるのに、何のために自分で採点するんですか？」

「自分で採点すれば、答案が返ってくるまでの間に間違ったところを復習できるだろ」

「真面目《まじめ》……!!」

「まぁ俺の場合、間違ったところなんて、ほとんどないんだけどな」

「嫌味《いやみ》……!! もし先輩が同級生だった場合、仲良くなれなかった気がします」

「たしかに俺、仲がいい同級生の友達って影山《かげやま》くらいだ。そうか、俺は年下と相性がいいのか」

「真理に到達しましたね。でも、だからってわたし以外の後輩を作っちゃダメですからね？」

「なんでだよ」

「だって、わたしより気が合う後輩が見つかったら、乗り換えるつもりでしょう？」

「後輩を乗り換えるという概念がよくわからないのだが」

「たとえばわたしと、わたしより気が合う新しい後輩の2人から同時に誘われた場合、先輩はどっちを優先しますか？」

「もちろん気が合う後輩だ」

「むぅ……。先輩は絶対に他の後輩を作らないでください」

朝日《あさひ》さんは不満そうに頬《ほお》をふくらませた。

かと思うと、急に笑顔になる。

「そのかわり、わたしも先輩以外の先輩を作りませんから。わたしにとっての先輩は、これまでもこれからも先輩1人だけですよ♪」

「それって交換条件になっているのか?」

「なっていますよ。それじゃあ、一緒に真桜《まお》さんの曲を聴きましょうか」

朝日《あさひ》さんはスマホを取り出し、有線イヤホンを差した後、有無を言わせず音楽を再生しようとする。

朝日さんは自分に都合が悪くなった時、こうして露骨に話題を変えることがある。俺は大人《おとな》なので、いちいち蒸し返したりしないが。

「はい、先輩も聴きますよね?」

朝日さんはイヤホンを片方、笑顔で差し出してきた。

神崎《かんざき》真桜さんの持ち歌は俺のスマホにも全曲入っているのだが、こういうのは一体感が大事だと思うので、大人しくイヤホンを受け取る。

イヤホンのコードは短くて、耳に装着すると肩が触れ合いそうになった。

朝日さんの美しい横顔がすぐ近くにあって、長い黒髪からはシャンプーのいい匂いが漂ってくる。

「有線イヤホンですみません。これが壊れたら無線のヤツを買おうと思っているんですけど、なかなか壊れなくて」

「いや、物を大事にするのはいいことだと思うぞ」

「えへへ、ありがとうございます。それじゃあ、スタートしますね♪」

朝日さんが再生させたのは、『神殺《かみごろ》しの巫女《みこ》』のオープニングテーマだった。

プレイリストには他にも、エンディングテーマやキャラクターソングが登録されている。

これらの曲は今日のイベントで歌われる可能性が高いので、予習しているのだろう。

予習といっても、俺も朝日さんもすでに100回は聴いていると思うが。

「この曲がこれから生で聴けるかもしれないと思うと、テンションが上がりますね……!!」

「きっと俺たちは、今日のリアルイベントを観《み》るために生まれてきたんだろうな」

「間違いないですね。わたし最近、定期的に推しの成分を摂取しないと、体に異常を来《きた》してしまうんですよ」

「俺もだ。試験勉強中はエンドレスリピートさせていた」

「わたしたちって、似たもの同士ですね」

「そうだな……」

不思議である。まだイベント会場に向かっているだけなのに、こんなに楽しいなんて。

これが誰かと好きなものを共有するということなのか……。

「……ふと思ったんだけど、さっきの後輩を乗り換える話さ」

「はいっ？」

「朝日《あさひ》さんより俺と気が合う後輩なんて、この世に存在しないと思う」

「――っ!!」

俺が素直な感想を伝えると、朝日さんは急に顔を背けた。

イヤホンが引っ張られて耳から外れてしまう。

「えっ？　何？　どうしたの？」

「なんでもないです」

しかし、朝日さんはそっぽを向いたままだ。

何かあったのかと思って身を乗り出したが、朝日さんは両手で顔を覆い、さらに向こうを向いてしまった。

「今わたしの顔を見ないでください」

「えっ？　なんで？」

「なんでもです。……先輩、そういうところですよ」

朝日さんは今にも消え入りそうな声で、謎の言葉をつぶやいたのだった。

☆　　☆　　☆

仙台《せんだい》を出発した約2時間後、無事に東京に到着した俺たちは、さらに1時間ほどかけて会場に移動し、リアルイベントを堪能した。

イベントがはじまると『神殺《かみごろ》しの巫女《みこ》』の主要なキャストさんがステージに立ち、大画面にアニメの名場面を映して内容を振り返ったり、収録の裏話をしたり、みんなで主題歌を歌ったりした。

神崎真桜《かんざきまお》さんは巫女のコスプレをしていて、超絶可愛《かわい》かった。

肉眼で推しを見られるというだけで飛び上がりたくなるほど幸せなのに、さらに喋《しゃべ》ったり歌ったりしてくれるなんて、最高すぎる。喜びが止まらない。

会場のキャパシティは1000人ほどなのだが、お客さんはギッシリ入っており、これだけ多くの人が同じものを共有し、楽しんでいるという事実にも妙に感動してしまった。

ちなみに、朝日さんはずっとステージ上を注視し続けており、神崎真桜さんの一挙手一投足を見逃さぬようにしていることが伝わってきたので、イベント終了まで一度も会話を交わさなかった。

今は冬なのに、約2時間のイベントが終わった頃には、興奮で汗まみれになっていた。

イベントを堪能した俺たちは、会場からの退席を促すアナウンスが流れる中、しばらく席から立つことができなかった。

「……朝日さん。チケットを当ててくれて、本当にありがとう」

「とんでもないです。一緒に楽しんでくれて、ありがとうございました」

そのまま5分ほど放心状態になっていた俺たちだが、大部分のお客さんが排出されたところで、外に出た。

「もうすぐ夕飯時だけど、ホテルに行く前に何か食べる?」

「すみません。胸がいっぱいで、食べ物が喉を通りそうにないです」

「同感だ」

俺たちは駅前にある飲食店を素通りして電車に乗り、予約したホテルに向かう。

電車にはイベント参加者がたくさん乗っており、楽しげに感想を言い合っている。

それを見た朝日《あさひ》さんが、しみじみとつぶやく。

「こんなにたくさんの人を幸せにするって、声優さんはすごいですよね」

「本当だな。ていうか、これだけ満員御礼なんだから、毎日リアルイベントをやればいいのに」

「ですよね。そうすればみんなが幸せになって、世界が平和になって、ノーベル平和賞がもらえると思います」

「まさに理想の世界だな」

「真桜《まお》さんの巫女《みこ》姿、最高でしたね」

「ああ。神崎《かんざき》真桜さんは最初から最後まで完璧だった」

「わたし、真桜さんにも可愛《かわい》くない瞬間があるのかと思って目を皿のようにして観《み》ていたんですけど、ずっと可愛かったです」

「この世に存在していることに感謝しかないよな。俺も神崎真桜さんの顔になりたい」

「整形する人の気持ちがわかりますよね。先輩は真桜さんの顔のパーツでどこが一番好きですか？」

「全部好きだけど、1つだけ選べって言われたら目かな」

「わかります。優しさがにじみ出ていますよね。そういえばわたし、イベント中に真桜さんと10回くらい目が合ったんです」

「あっ、俺もだ」

リアルイベントに来ると、出演者さんと目が合った気がして楽しい。

推しの視界に入るチャンスがあることは、リアルイベントの醍醐《だいご》味《み》の1つだと思う。

「俺は15回くらい目が合ったかな」

「じゃあわたしは20回です」

「なぜ張り合う」

「あと真桜さん、フリートークの最中とかに、他の出演者さんに無茶《むちゃ》振りをしていて可愛かったですね。わたしもあんな風に無茶振りをされたいです」

「わかる。もし俺が美少女に生まれていたら、神崎真桜さんと共演するために声優さんを目指したんだけどなぁ」

「先輩は真桜《まお》さんにどんな無茶《むちゃ》振りをされたいですか？」

「なるべく過酷な命令がいいな。足を舐《な》めろって言われたら余裕で舐める」

「発想が異次元すぎますが、ちょっと気持ちが理解できてしまう自分がいます……どうしましょう……」

「恥じることはないぞ。俺たちの舌で神崎《かんざき》真桜さんの足をピカピカにして差し上げよう」

出演者が足を舐めるリアルイベントなんて、観客はドン引きだろうけど。

「逆に真桜さんにこんなことをしてほしいっていう理想のシチュエーションはありますか？　わたしは添い寝してほしいです」

「あー、添い寝してもらえたら最高だろうなー。でも俺は膝枕してもらいたいかな」

「膝枕もいいですね～。そのまま昇天できそうです」

こんな感じで、俺たちは電車に揺られている間、知能指数が低い会話をし続けた。

イベントが素晴らしすぎて、偏差値が下がったのだと思う。期末試験前じゃなくて本当によかった。

ずっと夢見心地《ゆめみごこち》だった俺たちは、ホテルの最寄り駅で下車した頃に、ようやく意識が現実に戻ってきた。

「なんだか、お腹《なか》が空《す》いてきちゃいました」

「ホテルにチェックインして、荷物を置いたら何か食べに行こうか」

「その前に、部屋でシャワーを浴びてもいいですか？」

「もちろん。汗だくで気持ち悪いもんな」

こうして俺たちはいったんホテル内で別れ、1時間後に再集合することになった。

2人まとめてチェックインした後、エレベーターで7階に上がる。

朝日《あさひ》さんは７０７号室で、俺は隣の７０８号室だ。

部屋に入った俺は、荷物を適当なところに置き、熱いシャワーを浴びはじめる。

20分後には出かける準備ができたので、スマホで適当に時間を潰していると、朝日さんから電話がかかってきた。

まだ約束の時間まで20分ほどあるのだが、どうしたのだろうか。

『すみません先輩、ドライヤーってどこにあるんですか？』

「机の中に入ってるよ」

『机の中というと……？』

「あー。口で説明するより、実際に見せた方が早いかな。今から部屋に行っていい？」

『大丈夫です。よろしくお願いします』

通話を終えた俺が部屋を出ると、７０７号室のドアが半開きになっており、首にバスタオルをかけた朝日さんが顔を出していた。

お風呂上がりの朝日《あさひ》さんは髪が濡《ぬ》れていて、ものすごくセクシーだった。

これが水も滴るいい女というヤツか……!!

「すみません、ホテルの勝手がわからなくて……」

「大丈夫だよ。俺は出かける準備が終わってヒマしていたところだし」

謝罪する朝日さんと一緒に部屋に入り、ベッドの横にある机の引き出しからドライヤーを取り出した。

「ありがとうございます。すぐに乾かしちゃうので、そこに座って待っててください」

「えっ？　……あっ、うん」

部屋に戻ろうと思っていたのだが、ここにいていいらしい。

髪を乾かす朝日さんを見られる機会は今後ないだろうから、ベッドに腰かけ、ユニットバスの方に視線を送る。

……なんだか、これから男女の関係になるみたいだな……。

あまりガン見するのも失礼かと思い、スマホをいじることにした。

いつもやっているソシャゲを起動させ、溜《た》まっているスタミナを消費する。

やがて朝日さんがドライヤーを使い終え、ユニットバスからこっちに移動してきた。

「お待たせしました。──って、そのゲーム、『世界一やさしい巨大兵器』ですよね!?　先輩もやってるんですか!!」

「ああ。神崎真桜《かんざきまお》さんがキャラクターボイスをやっているゲームは、基本的に全部入っているぞ」

「さすがです先輩！　一緒に課金しましょう！」

「えっ……なんで……？」

「このゲーム、今3周年フェスをやっているじゃないですか？　真桜さんが演じている由《ゆ》貴《き》ちゃんのフェス限定衣装がどうしてもほしいんですけど、1人だと課金するハードルが高いんですよ。でも先輩と一緒なら、乗り越えられる気がします！」

「いや、俺は無償石で引けたし、巻き添えにしないでくれないかな」

「むぅ……。じゃあせめて、わたしが課金する姿を横で見ていてください！」

「俺が見守っていることに何の意味が？　あと、ホテル代を浮かせようとするくらいお金がなかったんじゃないの？」

「えへへ～。実は、東京遠征することをおじいちゃんに話したら、お小遣いをもらったんです。これでみんなにお土産《みやげ》を買ってきなさいって」

「いや、お土産代としてもらったなら、ガチャを回さずにお土産を買えよ」

「そういう正論を言わないでほしいです」

朝日《あさひ》さんは頬《ほお》をふくらませて抗議してきた。

「わたしにも罪悪感はあるんです。なので先輩に共犯になってもらおうと思いまして」

「俺を巻き込むな。そもそも、朝日さんが由貴のフェス限を手に入れたところで、俺には何のメリットもないだろ」

「喜びを分かち合えるじゃないですか！」

「だとしても、お土産代をガチャに使うのは良くないと思う。明日のイベント後にお土産を買いに行くから、我慢しておけ」

「…………わかりました。それじゃあご飯に行きましょうか」

朝日さんは渋々といった様子で部屋を出る準備をはじめた。

「ところで、どこで食事するかはぜんぜん考えてないんだけど、何が食べたい？」

「特に希望はないので、先輩が行きたいお店についていきます」

「いいのか？」

「はい。わたし、好き嫌いありませんし」

「悪いな、好き嫌いが多くて……。じゃあせっかく東京に来たことだし、いい感じのレストランを探してみるかな」

そう言いながら、スマホでこの近くの飲食店を検索する。

さて、予算はどのくらいに設定するべきだろうか？

朝日さんは女の子だから、安っぽいところは嫌がるだろう。場合によっては、俺が少し多めに出した方がいいのだろうか……。

「高いお店は肩が凝りそうですし、適当なところでいいですよ」

頭を悩ませていると、まるで俺の心を読んだかのように、朝日《あさひ》さんが言った。

「適当なファミレスでもいいですし、近くのラーメン屋さんとかでもいいですよ」

「えっ？　そうなの？」

「はい。わたし、一番好きな食べ物はラーメンなので」

「意外すぎる。てっきり一番は焼肉なのかと思ってた」

「焼肉も好きですけど、ああいう高級なのは、他人のお金で食べるからいいんですよ」

朝日さんはそう言って、屈託のない笑みを浮かべる。

この子は付き合ってもあまりお金がかからなさそうだな。

「朝日さんは何ラーメンが好きなの？」

「醤油《しょうゆ》も塩も味噌《みそ》も好きですけど、一番は豚骨ですね」

「マジか。俺もなんだけど」

「本当ですか⁉　まさか先輩と食べ物の趣味が合うなんて……‼」

「これはもう、今から豚骨ラーメンを食べにいくしかないな」

話がまとまったので、さっそく周辺のラーメン屋を検索する。

東京には有名なラーメン屋さんがたくさんあるから、楽しみだ。

「――あっ！　ちょっと待ってください先輩！」

朝日さんが突然、悲鳴に近い声を出した。

「ん？　どうかしたの？」

「ラーメンを食べたら、息がニンニク臭くなってしまいます！」

「そりゃあ、そうだろうな」

「恥ずかしいのでラーメンは無理です！　夜ご飯は別のものにしましょう！」

「えー……。ラーメン屋にいる人は全員ニンニク臭いんだから、気にする必要ないだろ」

「ダメです！　ラーメン以外であれば何でもいいので！」

両手を腰に当てた朝日さんに、至近距離で睨《にら》まれてしまった。

怒った顔も可愛《かわい》いなぁ……。

「わかったよ。じゃあ駅前に回転寿司《かいてんずし》屋があるみたいだから、そこでいいか？」

「もちろんです！　出かける準備ができたので、行きましょう！」

朝日さんに促され、俺はベッドから立ち上がった。

自分で提案しておいて何だが、せっかく東京に来たのに、夕食がチェーン店の回転寿司でいいんだろうか……。

☆　☆　☆

出がけに俺が抱いていた不安は杞憂《きゆう》だったようで、朝日《あさひ》さんは駅前の回転寿司屋《かいてんずしや》で楽しそうに食事をしていた。

やがて夕食を済ませた俺たちは、駅ビルに入っているお土産屋《みやげ》さんを軽くチェックした後、ホテルに戻ってきた。

フロントで壁かけ時計を見ると、現在時刻は20時だった。

寝るには早いが、今からどこかに遊びに行くには遅い時間である。

「ちなみに、先輩のお姉《ねえ》さんって、明日のイベントにいらっしゃるんですよね？」

エレベーターで7階に向かっている最中に、朝日さんがそんな質問をしてきた。

そういえば明日のチケットは、姉の友達2人の都合が悪くなって譲ってもらった、という設定になっているんだった。

「一応、会場のどこかにはいると思う。姉は友達2人とは別で申し込んだらしくて席は離れているし、特に用事はないから、会わないと思うけど」

「ぜひご挨拶させてください。菓子折りを持参しようと思うのですが、どんなものがいいでしょうか？」

「いやいや、気を遣わなくていいから」

「そんなわけにはいきません！　ぜひお目にかかって、御礼《おれい》を申し上げたいです！　それに、チケット代をお支払いしなければなりませんし！」

７階に着いたエレベーターから降りながら、朝日さんは力強く主張してきた。

チケットをタダでもらえてラッキーと思ってくれればいいのに、律儀《りちぎ》な子である。

とはいえ、どう対応すればいいのだろうか。今さら、実は関係者席なんだとは言えないよなぁ。

姉に話を合わせてもらえるよう、事前にお願いしておけば何とかなるかな……。

「そんなにお礼を言いたいなら、姉に会わせるよ。でも、菓子折りとチケット代は不要だから。俺たちは無駄にしたくないチケットをもらっただけだし」

「了解です。それでは先輩、今から面接の練習相手になってもらってもいいですか？」

「――えっ？　なんで面接？」

「先輩のお姉さんにお目にかかるんですから、それはもう面接みたいなものじゃないですか」

「なんでだよ。俺の姉にどう思われたとしても、朝日さんの今後の人生にまったく関係ないじゃないか」

「先輩、一期一会《いちごいちえ》ということわざを知っていますか？　わたしは、たった一度の出会いを大切にしたいと考えているんです」

「……なるほど。一気に納得した」

「それは良かったです。それじゃあ、先輩のお部屋に入れてもらってもいいですか？　廊下で話していると他のお客さんの迷惑かもしれないので」

この上なく正論だったので、カードキーをドアにタッチし、ロックを解除した。

先に入室した俺は、適当にベッドの縁《へり》に腰を下ろす。

一方の朝日《あさひ》さんは、窓際にある椅子をこちらに向けて座り、質問してくる。

「まずは第一印象を良くしたいんですけど、お姉《ねえ》さんはどんな女の子がタイプですか？」

「そうだなぁ……。好きなタイプを聞いたことはないけど、神崎真桜《かんざきまお》さんみたいな、可愛《かわい》い女の子は全員好きだと思う」

「求められるレベルが高いですね……。とりあえず、真桜さんと同じ金髪になればいいですか？」

「姉に好かれるために髪を染めようとするのはやめろ」

「だって、明日までに変えられそうなのって、髪だけなんですもん……。服を買いに行くことは可能ですけど、明日はイベントTシャツを購入して着る予定ですし……」

「いや、無理に姉に気に入られようとしなくていいから」

「そういうわけにはいきません。面接ですから」

「面接だと思っているなら仕方ないけどさ……」

「まずは髪型をどうすればいいか、アドバイスしてください。下ろせばいいんですか？それとも結んだ方がいいですか？」

「そこまで詳しく姉の好みは知らないって」

「じゃあ、先輩はどんな髪型が好きですか？」

「俺の好みを聞いても意味ないだろ」

「そんなことはありません。姉弟《きょうだい》なんですから、趣味は似ているはずです」

「……理屈はよくわからないけど、それならポニーテールでいいんじゃないか？」

「先輩はポニーテールが一番好きなんですか？」

「そうだな。朝日さんの髪型で、今まで見た中では一番好きかな」

「なるほど……」

俺の返答を聞いた朝日さんは、満足げに笑った。

「先輩って、わたしがこれまでどんな髪型をしていたか、ちゃんと覚えてくれているんですね」

「そりゃあ、嫌でも目に入るからな」

「それで心の中で『ポニーテールが一番可愛いな』って思ってくれていたんですね？」

「…………」

「わたしのポニーテールを見て、引っ張って遊びたいと思っていたんですね？」

「そんなことは一度も考えていない」

「ちょっと待ってくださいね、今すぐポニーテールにしますから♪」

言うが早いか、朝日《あさひ》さんはヘアゴムを口にくわえ、後ろ手で髪をまとめ始めた。

やがて完成したポニーテールを自慢げに揺らし、見せびらかしてくる。

「リクエストにお応えして、ポニーテールにしました！　ほらほら、引っ張ってくれていいんですよ？」

「さっさと面接を始めるぞ」

「あれれ？　もしかして、照れているんですか？」

「うるさい。面接官に失礼な態度を取ると不合格にするぞ」

「照れてごまかそうとしている先輩、可愛《かわい》いですね～」

朝日さんはニヤニヤ笑いを浮かべた後、椅子に座り直した。

「それでは先輩。面接官として、わたしにいろいろと質問してきてください」

「………」

「どうしたんですか？　先輩、質問プリーズですよ？」

「姉の気持ちになって考えてみたんだが、弟の後輩というだけでほとんど接点がない女の子に、何を聞けばいいんだ？」

「そうですね……。たとえば、わたしと先輩が知り合ったキッカケとか？」

「それは俺が誰にも知られたくないヤツだ」

「――えっ？　先輩、お姉《ねえ》さんの前で猫語を使ったりしないんですか？」

「当たり前だろ。その秘密は墓場まで持っていけ」

「えへへ。家族すら知らない先輩の秘密を、わたしだけが知っているわけですか♪」

「ずいぶん嬉《うれ》しそうだな」

「秘密を共有するのって、楽しいじゃないですか」

「共有っていうなら、俺も朝日《あさひ》さんの秘密を知らないとダメじゃないか？」

「あー、言われてみればそうかもしれませんね。でもわたし、先輩に隠し事なんかしてないですよ？」

「隠し事というか、誰にも言いたくない秘密はあるんじゃないか？」

「誰にも言いたくない秘密……」

朝日さんは腕組みし、熟考しはじめた。

かと思うと、なぜか恥ずかしそうな表情になる。

「スリーサイズくらいしか思いつかないんですけど、知りたいですか？」

「やめろ。教えられた瞬間、『朝日さんからスリーサイズを聞き出した』という俺の秘密が増えることになる」

「あっ、それはちょっと面白いですね」

「お互いにダメージを受けるだけで、メリットが1つもないだろ」

「先輩はわたしのスリーサイズを知ることができるじゃないですか」

「知ってどうしろと？」

「たしかに、そんなものを知ってどうするんですかね？　わたしの等身大の銅像を造ると

か？」

「銅像ってスリーサイズだけで造れるものなの？」

「わからないです」

「そもそも、朝日さんの銅像を造る予定はない。スリーサイズを教えられても困るだけだ

から、絶対に口にするなよ」

「ちょっと先輩、わたしが積極的にスリーサイズを教えようとしているみたいな言い方は

やめてくださいよ」

朝日さんは頬《ほお》を赤らめ、唇を尖《とが》らせた。

「逆に先輩は、わたしのどんな秘密を知りたいんですか？」

「そうだなぁ……。中間試験の順位とか？」

「そういうプライベートなことにはお答えできません」

「いや、プライベートじゃない秘密ってなんだよ」

ひょっとして朝日さん、あまり勉強は得意ではないのだろうか。

「……とりあえず、下から数えた方が早いとだけ答えておきましょう」

「なんかごめん」

「謝らないでください！」

朝日《あさひ》さんは頬《ほお》をふくらませた。

「まったくもう。先輩って本当、勉強に関することが大好きなんですね。もっと楽しい質問を考えてくださいよ」

「そんなことを言われてもなぁ……」

「思いつくまで待ちますよ」

「うーん………」

しばらく頭を悩ませていると、前に影山《かげやま》が中庭で「朝日さんって、どんな男がタイプなんだろう？　彼氏はいるのかな？」と言っていたことを思い出した。

俺と2人で旅行しているくらいなのだから、彼氏なんかいるわけがない。

というわけで、前半の疑問だけを採用することにした。

「朝日さんの好きな男性のタイプは？」

「──ええっ⁉」

質問した瞬間、朝日さんは目を見開いた。

「先輩、どうしたんですか？　体調は大丈夫ですか？」

「体調……？　俺は普段通りだけど」

「普段通りの先輩が、そんな頭が軽そうな質問を思いついたんですか……⁉」

「バカにしているのか？」

「先輩はそんなアホっぽい質問をしてくる人ではないと、信用しているんです。どうやって今の質問を思いついたのか、教えてください」

「そこまで見抜かれているのか……。たしかに今の質問は、前に友人の影山が言っていたことなんだ」

「やっぱりそうでしたか。安心しました」

胸をなで下ろした朝日さんは、なぜかそこで顔を伏せた。

「……ちなみに先輩は、わたしの好きな男性のタイプが気になるんですか？」

「…………」

返答に困る質問をされてしまった。

俺としては、朝日さんみたいな美少女の心を射止めるのがどんな男なのか、知っておきたい気持ちはある。

しかし、「後輩の好きな男性のタイプを知りたがっている」と公言するのは、死ぬほど恥ずかしい。

なのでここは、いつものように強がることにしよう。

「普通だな。知っても知らなくてもどっちでもいい」

「そうですか。知りたくないと思われていないだけ良かったとしておきます」

「ポジティブだな」

「とはいえ、好きな男性のタイプって、自分でもよくわからないんですよね……。

あーでも、さっき行った回転寿司屋《かいてんずしや》さんで、先輩が何も言わずにわたしの分の割り箸やお茶を用意してくれたのを見て、優しいなって思いました」

「それは単に便利な人で、好きな男性のタイプとは違うんじゃないか？」

「そうなんですか……？

じゃあ、これはどうですか？　さっき先輩、回転寿司屋さんのテーブルに重なったお皿を見て、これまでに何円分食べたかを暗算してくれたじゃないですか？　わたしにはできないことなので、素敵だなと思いました」

「それも好きなタイプとは違う気がする」

「頑張ってひねり出しているんですから、否定ばっかりしないでください」

朝日《あさひ》さんは不満そうに頬《ほお》をふくらませた。

「そんなに文句を言うなら、先輩の好きな女性のタイプを教えてくださいよ」

「神崎真桜《かんざきまお》さん」

「そういうのはズルいと思います」

朝日さんは唇を尖《とが》らせ、ジト目で睨《にら》んできた。

好きなタイプにズルいってあるのか？

「朝日さんも男性声優でたとえればいいんじゃない？」

「わたし、男性声優さんにはあんまり詳しくないんですよ。そもそも、声優さんって見て楽しむ存在であって、恋愛対象じゃありませんし」

「俺だって別に、神崎真桜さんと付き合う可能性があるなんて考えてないからな。好きなタイプっていうのは、あくまで理想なのであって」

「わかっていますよ。先輩って現実主義者ですし」

「でも、もし神崎真桜さんみたいな人がクラスにいたら、最高だよな」

「……はぁ」

朝日さんは無言でため息をついたかと思うと、急に立ち上がり、なぜかそのままベッドにダイブした。

うつ伏せに着地した瞬間、ミニスカートがめくれ、ふとももが際どいところまで露《あら》わになった。

目のやり場に困る……。

「朝日さん……？　急にどうしたの？」

「今日はたくさん歩いたので疲れました。ちょっと休憩しますね」

「いや、このベッド、俺のなんだけど……」

「大丈夫ですよ。寝落ちしたりしませんから」

「そういう問題じゃないと思うけど……」

同じ部屋で女の子がベッドに横になっているという状況に、どうしようもなく緊張してしまう。

まさか、朝日《あさひ》さんのこんな無防備な姿を見ることになるなんて……。

なんだか、一緒に旅行しているカップルみたいだ——。

「こうしていると、わたしたちって兄妹《きょうだい》みたいじゃないですか?」

寝転がったまま頬杖《ほおづえ》をついた朝日さんが、無邪気な笑みを浮かべて質問してきた。

「そ、そうだな」

「お兄《にい》ちゃん、ポニーテールの妹がいて嬉《うれ》しい?」

「二度とポニーテールについて言及《げんきゅう》するな」

「お兄ちゃんって呼ぶことにはツッコまないんですね」

「うるさい。ていうか、面接はどうしたんだよ」

「先輩がまともな質問を考えてくれないから、中止です。練習はやめて、ぶっつけ本番でいくことにします」

朝日さんはそう言って、うつ伏せのまま両脚をバタバタさせた。

真っ白な細い足が振り上げられる度にミニスカートが乱れるが、俺たちの位置関係的に、下着は見えそうで見えない。

もうちょっと朝日さんの下半身側に移動すれば……なんて考えが浮かびはしたが、すぐに打ち払う。

朝日さんは俺のことを信用してくれているのだ。その気持ちを裏切るわけにはいかない。

「そういえば先輩、テレビ番組表を見ましたか？　宮城《みやぎ》では放送していない番組がいっぱいあって新鮮ですよ」

朝日さんはそう言って起き上がり、テレビのリモコンを手に取った。

チャンスタイムは終了してしまったようだ。

「いや俺、普段あんまりテレビを観《み》ないから」

「そうなんですか。それじゃあわたしが、土曜日の夜のオススメのテレビ番組を教えてあげましょう」

朝日さんは得意げに胸を張った。

「それで今夜は、宮城では放送していない深夜アニメを一緒にリアルタイム視聴しましょう。なんか修学旅行の夜っぽくて楽しいですね♪」

「でも俺、神崎真桜《かんざきまお》さんが出ていないアニメはほとんど観てないんだけど。冬アニメってもうすぐ最終回で、今から観ても楽しめないのでは？」

「細かいことを気にしたら負けですよ」

これって細かいのか？

「どうせなら動画配信サービスで1話からまとめて観《み》るよ」

「それだと、放送時にどんなCMが流れるのかわからないじゃないですか」

「CMの内容を知りたいの……？」

「もちろんですよ。番組ごとに個性みたいなものがあって、面白いんですよ？」

「聞いたことがない楽しみ方なんだが」

「今夜はわたしがテレビの楽しみ方を、手取り足取り教えてあげましょう♪

とりあえず、テレビを観ながら食べるお菓子をコンビニに買いに行きましょう。お菓子パーティです♪」

「お菓子パーティは新幹線でやっただろ」

「パーティは1日に何回やってもいいんですよ♪」

朝日《あさひ》さんは急に上機嫌になったかと思うと、俺の腕を引っ張り、部屋の外に引きずり出そうとするのだった。

第７話　お嫁さんにしたいコンテスト１位の後輩と推しの生誕祭に行く

翌朝、東京遠征２日目。

昨夜は２人で夜遅くまでアニメを観ていたので、チェックアウト時刻ギリギリの11時にホテルを出て、駅前のファミレスに入った。

手早く朝食を済ませた俺たちは、かなり余裕を持って神崎真桜《かんざきまお》さんの生誕記念祭の会場であるイベントホールにやって来た。

姉《ねえ》さんに送ってもらったチケットを入口で提示すると、席の番号が書かれた紙と一緒に、なぜか短冊を２枚もらった。

カラフルな短冊の裏には、こんな説明が書かれている。

『サンタさんに叶《かな》えてほしい願いを短冊に書いて、会場にあるクリスマスツリーに飾ってね。真桜が気に入った願い事を書いた人には、いいことがあるかも？』

クリスマスと七夕《たなばた》を組み合わせたようなシステムだった。

サンタが大人《おとな》の願いを叶えてくれる存在かどうかは謎だが、心が躍るイベントである。

「真桜《まお》さんにわたしの願い事を見ていただくチャンスが……!?」

朝日《あさひ》さんも同感のようで、両手で短冊を握りしめて目を輝かせている。

「朝日さん、まずはあの列に並ぼう」

俺が指差したのは、入ってすぐのところにある物販コーナーだ。

CDやポスターなどのグッズが売られているのだが、すでに行列ができている。

列に並び、グッズの一覧表を眺める。

かなり早めに来たつもりだったが、生写真や缶バッジなど一部の商品には『完売御礼』というシールが貼ってある。もう売り切れてしまったようだ。

「すまない、俺の見通しが甘かった。もっと早く来ればよかったな」

「大丈夫です。どうせ予算の都合で、全部は買えなかったので。むしろ選択肢が減って、選びやすくなったと思います」

「ポジティブだな」

朝日さんは気を遣ってくれているようなので、額面通りに言葉を受け取っておく。

「朝日さんは何を買うの?」

「やっぱりTシャツですかね。パーカーやトートバッグも捨てがたいですけど」

ちなみに今回のイベントTシャツはピンク色で、前面に大きく『うちの猫は最高に可愛《かわい》いにゃあ』という神崎《かんざき》真桜さんのお気持ちがプリントされている。

そんな悪ふざけで作られたようなデザインのTシャツが、飛ぶように売れていく。すごい世界だ。

「俺はどうしようかな……」

「先輩もTシャツを買って、イベント前に着替えてお揃《そろ》いにしましょうよ」

「いや、それはさすがに恥ずかしいだろ」

「そんなことないですよ。会場で服を買った人はほぼ全員、着替えているみたいですし」

朝日さんは少し離れたところにあるトイレを指差した。

たしかに、会計を済ませた人たちがトイレに入っていき、パーカーやTシャツに着替えて出てきている。

よく見ると、その辺の物陰で着替えている人もいた。

「それはそうなんだけど、やっぱりちょっと抵抗があるよ。あと、新品のまま取っておきたいっていう気持ちもあるし」

「それなら、着る用と保存用と貸し出す用で3枚買えばいいんじゃないですか？」

「そんな金はない。あと貸し出す用って、誰にだよ」

「わたしにです。先輩が貸してくれるなら、わたしは他のグッズを買えるので」

「残念ながら、俺も今回の東京遠征でかなり金を使ったから、Tシャツ1枚買ったら終わりだ」

「じゃあその1枚は着る用にしましょう？　せっかく買うんだから、使わないともったいないですよ」

「……それもそうだな」

「それで、どうせ着る用にするなら、イベント前に着替えましょうよ。イベントTシャツって、会場で着るために存在しているんですし」

「そうなの？」

「間違いないです」

朝日《あさひ》さんは自信満々で断言した。

「……わかった。朝日さんがそこまで言うなら、そうするよ」

「やった！」

朝日さんは歓喜の声を上げ、その場で飛び跳ねた。

そこまで喜ぶほどのことじゃないと思うんだが、朝日さんの笑顔を見ていると、こっちまで嬉《うれ》しくなってくる。

「暖かくなったら、これを着て2人でどこかに遊びに行きましょうね♪」

「それは絶対に嫌だ」

「えー。じゃあせめて、高校に着てきてください。制服の下に着ているだけなら、周囲の人にはバレないですよ？」

「体育でジャージに着替える時に見られる危険があるし、そもそも汚したくないから、着るのは今日だけにして、大事に保管しておく」

「……まぁ、わたしは大人《おとな》なので、今日一緒に着てくれるだけでも良しとしましょう」

なぜか朝日さんはドヤ顔で言った。

こうして買う物が決まり、列に並んでいる間ヒマなので、さっき受け取った短冊に願い事を書くことになった。

俺は『世界平和』とどっちにするか悩んだ挙げ句、『無病息災』と書いた。

「朝日さんはどんな願い事にした？」

ひょいと覗《のぞ》き込《こ》んでみると、短冊にはこんなことが書いてあった。

『クリスマスを先輩と一緒に過ごしたいです』

「――ちょっ!?　先輩!!　人の願い事を覗くのはマナー違反ですよ!!」

「ご、ごめん。どうせツリーに吊《つる》して、みんなに見られるものだと思って……」

そんなことより、『クリスマスを先輩と一緒に過ごしたいです』というのは、一体どういう意味だ……？

俺と一緒にクリスマスパーティーをしたいということか？　それとも――。

「言っておきますけど、これは真桜《まお》さんの目に留《と》まりそうな願い事を書いただけで、本気で願っているわけじゃないですからね？」

朝日《あさひ》さんは頬《ほお》を赤らめ、早口で弁明した。

「ああ、なるほど。そういうことか」

ホールを見回すかぎり、このイベントのお客さんはほとんどが男性で、女性はチラホラとしかいない。割合としては5パーセントくらいだろうか。

そんな中、女子の筆跡で『クリスマスを先輩と一緒に過ごしたいです』という青春っぽい願い事が書いてあったら、神崎《かんざき》真桜さんの興味を惹《ひ》けるかもしれない。

「朝日さんは頭がいいな」

「でしょう？　あと、ここに書いてある『先輩』が先輩のことだと決まったわけじゃないですし」

「いや、昨日の新幹線で『わたしにとっての先輩は、これまでもこれからも先輩１人だけ』って言っていたじゃないか。今後どうなるかはともかく、現時点では先輩は俺１人しかいないだろ」

「あっ……」

朝日さんは自分のミスに気づいたらしく、目を泳がせた。

「ただささ、誰かとクリスマスを過ごしたいっていう願いは、割とみんなが書く気がするぞ。

本気で目に留まることを考えるなら、もっと奇抜な内容にした方がいいんじゃないか？」

「……そうかもしれませんね」

　朝日さんは頷《うなず》いたものの、唇をとがらせている。

　俺が覗《のぞ》いたことをまだ怒っているようだ。

「ちなみに、奇抜というのはどのレベルですかね？　『先輩が宇宙人に攫《さら》われますように』とか？」

「俺を酷《ひど》い目に遭わせようとするな。そしてなぜ宇宙人」

「奇抜といえば宇宙人かと思いまして。古い映画でよくあるじゃないですか、ＵＦＯに乗せられて改造手術を受けたって話」

「たしかに奇抜だけど、もっとクリスマスに関係ある願いの方がいいんじゃないか？」

「じゃあ、『先輩がサンタさんに攫われますように』」

「サンタは人を攫ったりしないだろ」

「サンタさんに攫われた人は本拠地に連れていかれて、クリスマスに配るプレゼントの準備を手伝わされるんです」

「サンタに怖い設定を追加するな」

「時給は１０００円です」

「時給が出るのか……」

「子どものために頑張るわけですし、やり甲斐《がい》のある仕事ですよ？　働いている人はみんな優しくて、アットホームな職場ですし」

「こっちは攫《さら》われて来ているんだが？」

加入方法にアットホームさが微塵《みじん》もない。

「ところで、先輩はどんな願い事にしたんですか？」

朝日《あさひ》さんは俺の短冊を覗《のぞ》き込《こ》んだ後、鼻で笑った。

「面白味《おもしろみ》が微塵《みじん》もないですね」

「悪かったな」

俺は『無病息災』という願い事を急いで消す。

どうせなら神崎真桜《かんざきまお》さんの目に留《と》まりたいからな。

「俺の願いはどういう方向性にすればいいと思う？」

「そうですね……。真桜さんは優しいから、同情を引くようなお願いにすれば目に留まるかもしれません」

「たとえば？」

「『出ていった妻が帰ってきますように』とか」

「目に留まるかもしれないけど、見なかったことにされると思う」

「じゃあ、『中性脂肪が下がりますように』とか」

「なんで俺の悩み候補、中年男性っぽい内容ばっかりなの？」

こうして俺たちは『先輩がサンタさんに攫われますように』と『中性脂肪が下がりますように』という、たとえ叶《かな》ったとしてもまったく嬉《うれ》しくない願い事を短冊に書くことになった。

そうこうしているうちに物販の会計が俺たちの順番になり、朝日さんは長袖のTシャツをはじめ、複数のグッズを注文した。俺の分のTシャツも一緒に注文する。

会計を済ませた後、トイレの個室に入ってTシャツに着替えた。

少し肌寒かったが、イベントがはじまったら体温が上昇するだろうし、我慢しておく。

トイレの入口で待っていると、満面の笑みを浮かべた朝日さんが出てきた。

「えへへ。先輩とわたし、お揃《そろ》いですね♪」

「というより、このTシャツを買った人たち全員とお揃いだろ」

「たしかにそうですけど、わたしと先輩が同じTシャツを着ているという事実に変わりはないじゃないですか♪」

朝日さんは妙にご機嫌である。

だが今の俺には、何が楽しいのかが理解できる。

「イベントTシャツを身につけると、不思議な高揚感があるな」

実際に着てみて、初めてわかった。こうしていると、他のイベント参加者との一体感のようなものが感じられるのだ。

「俺1人だったら、買ったイベントTシャツを会場で着るなんてことは一生なかったと思う。こんな感覚を知ることができたのは、朝日《あさひ》さんと一緒に来たおかげだよ」

「そう言ってもらえると、わたしも嬉《うれ》しいです。それじゃあ、クリスマスツリーに短冊を飾りに行きましょうか」

「ああ、そうだな」

短冊に書かれた説明によると、クリスマスツリーは公演を行う会場内にあるらしい。

イベントTシャツを着た人たちの後をついていくと、本日の会場にたどり着いた。映画館のような構造で、キャパシティは300人ほどだと思われる。

ステージの上には、全部で6本のクリスマスツリーが置かれている。たくさんのお客さんがステージに上がり、枝に短冊を括《くく》りつけている。

「わたしたちの短冊を見つけてもらえる確率を上げるために、真桜《まお》さんの目線の高さに飾りましょう」

「名案だな」

真桜さんの身長から目線の高さを割り出し、なるべく見やすいと思われる位置に短冊を括りつけた。

「うーん……。他の人たちの短冊を偵察してみましたけど、奇をてらった願い事も多いですね」

「考えることはみんな同じか」

「どうします？　書き直しますか？」

「そう言われても、代わりの願い事が思いつかないからなぁ。他の人のをパクるわけにもいかないし」

「こういう時、圧倒的に面白いことが思いつく脳みそがほしいと思いますね……。先輩は学年1位なんですから、なんとかならないんですか？」

「無茶《むちゃ》を言うな」

テストで1位を取るのと奇抜なアイディアを出すのとでは、必要な能力がぜんぜん違うだろう。

「とはいえ、朝日さんの願い事もクレイジーさでは負けていないと思うぞ。確率としては300分の2くらいだから、希望はあるだろうし」

「それもそうですね。人事は尽くしましたし、後は天命を待ちましょうか」

俺たちはクリスマスツリーに向かって手を合わせてお祈りした後、席に移動して開演を待つことになった。

割り当てられた席はG－5とG－6で、前から7番目という、かなりの好位置だった。

「ステージが近いですね……!!　先輩のお姉《ねえ》さんに感謝です……!!」

「本当だな」

「なんだか、緊張してきました」

「わかる。楽しみで仕方がないイベントがはじまる直前って、なぜか緊張するよな。自分は観《み》ているだけなのに」

「でも、今回は自分の短冊が読み上げられるかもしれませんよ？」

「選ばれるといいなぁ……」

2人で期待に胸をふくらませていると、やがて開演時間になり、神崎真桜《かんざきまお》さんの持ち歌が流れはじめた。会場内のボルテージが一気に高まる。

割れんばかりの手拍子の中、舞台袖から神崎真桜さんが登場した。

今日の衣装はサンタのコスプレで、あまりの可愛《かわい》らしさに、そこら中から歓喜の声が上がる。

ステージの中央に立った神崎真桜さんは、マイクを使って呼びかけてくる。

「みなさん、こんにちは！」

「「「こんにちはー!!」」」

「今日は来てくれてありがとう！　12月ということで、サンタさんになってみました！　この衣装、可愛いでしょ？」

「「「可愛いー!!」」」

「ありがとう！　ところで、今日はわたしの記念日なんですけど、何の日でしょうか？」

「「「「誕生日ー!!」」」」

「正解！　今日はわたしの誕生日なんです♪」

「「「「おめでとー!!」」」」

「ありがとー！　というわけで今日のイベントでは、私がみんなとやりたいことを、時間が許すかぎりやりまくるよ！」

「「「「おー!!」」」」

会場のあちこちから、野太《のぶと》い歓声が上がっている。

このコール&レスポンスで、会場のテンションがさらに一段階高まったのを感じた。

「まず最初のコーナーは、『クリスマスのお願い！』だよ！　みんながクリスマスツリーに飾ってくれた短冊を見て、私が気になった願い事を書いた人をステージに呼んで、プレゼントをあげるの！

ちなみに、用意したプレゼントは全部、私が今日のために個人的に買ってきたものだよ！」

このコーナー説明を聞いて、会場はさらに盛り上がった。

神崎真桜さんが自ら選んだプレゼントがもらえるなんて、最高すぎる。

「それじゃあ、願い事を見ていきまーす」

神崎《かんざき》真桜《まお》さんはツリーの前に移動し、たくさんの短冊を眺めていく。

「ふむふむ……いろんな願い事があるね～。1つ1つ読み上げていきたいところだけど、今日はやりたいことがたくさんあって時間がないから、短冊は持ち帰ってゆっくり眺めることにするね。

──あっ、まずはこの短冊を書いた人にプレゼントをあげようかな」

最初に選ばれたのは、『痔《じ》が治りますように』という願い事を書いた人だった。

短冊を読まれた男性は嬉《うれ》しそうにステージに上がり、神崎真桜さんに向かって痔の辛《つら》さを熱弁した。

「そっか、痔って大変なんだね。そんなあなたには、私が普段使っているのと同じアロマグッズをあげるね。痔には効かないと思うけど、癒やされてください」

痔の男性は、神崎真桜さんから直接プレゼントを手渡された。目から血が出るほど羨ましい。

俺もあのくらいの距離まで神崎真桜さんに近づきたい。あわよくばプレゼントを受け取る時に手に触りたい。

それが叶《かな》うなら、痔になることも厭《いと》わないのに……。

その後も次々に願い事が読み上げられ、ステージに上がった人たちはビーズクッションやハンドクリームなどをプレゼントされていく。

ちなみに、今日用意したプレゼントはどれも神崎真桜さんが家で使っているのと同じものらしいので、俺は悔し涙を流しながらも、メーカー名やサイズや色をスマホにメモっていく。

これらを買《か》い揃《そろ》えれば、いつでも神崎真桜さんを近くに感じられるぜ……!!

「さてと。プレゼントは残り1つだから、次が最後の願い事になるんだけど――」

会場中の人間が祈りを捧《ささ》げる中、神崎真桜さんは無数の短冊に目を通していく。

そして、俺たちが短冊を飾ったクリスマスツリーに近づいていったかと思うと、右手を伸ばした。

「なんか意味不明なお願いを見つけちゃった。最後の1つは、『先輩がサンタさんに攫《さら》われますように』って書いた人にするね」

「「うぇっ!?」」

並んで座っている俺たちの口から、思わず変な声が出た。

まさか、朝日《あさひ》さんが書いた願いが選ばれるとは……!!

「席番号G－5に座っているこのお願いを書いた人、出てきて～」

「はっ、はいっ!!」

呼ばれた朝日さんはすぐさま立ち上がり、ステージに駆けていった。

朝日さんを見た神崎真桜さんは、頬《ほお》をゆるめる。

「は、初めまして！　朝日優衣奈《あさひゆいな》と申します！　真桜《まお》さんのことが大好きです！」

「あら、可愛《かわい》い女の子～♪」

「ありがと～。私も好きだよ～。……あれっ？」

神崎《かんざき》真桜さんは小首をかしげたかと思うと、朝日さんの顔をしげしげと眺めはじめた。

「もしかして朝日ちゃん、昨日の『神殺《かみごろ》しの巫女《みこ》』のイベントにも来てくれていた？」

「――えっ⁉　なんでわかるんですか⁉」

「私、記憶力はいい方なんだよね。ビックリするくらい可愛いお客さんがいるなぁって思って何度も見たから、覚えていたの♪」

そう言って、神崎真桜さんは得意げに笑った。

……マジかよ。

たしかに朝日さんは昨日、イベント中に神崎真桜さんと何度も目が合ったと主張していた。

しかしまさか、本当に目が合っていたとは。

「それでさ朝日ちゃん、この『先輩がサンタさんに攫《さら》われますように』っていうのは、どういう意味なのかな？」

「……えーっとですね」

朝日さんは言葉に詰まった。

さすがにこの状況で、神崎真桜さんの目を引くために適当なことを書いたとは言えないだろう。

果たして、どう切り抜けるのだろうか。

「説明しはじめると、ちょっと長くなっちゃうんですが……」

「大丈夫。私、可愛い子の話はいくらでも聞けちゃうから」

「ありがとうございます。……えっと、わたしには仲がいい先輩がいるんですけど、とっても優しい人なので、サンタさんに適任だと思うんです。なので先輩はサンタさんに攫われて、プレゼントの準備を手伝わされればいいと思っていまして……」

朝日さんは相当に緊張しているらしく、しどろもどろになりながら説明を続ける。

「先輩は下働きから始めるんですが、メキメキと頭角を現していき、トナカイさんを自分の配下に置いたりして、最終的にサンタさんの地位を奪い取るわけです。そしてクリスマスの夜、わたしに会いに来て、たくさんのプレゼントをくれるんです」

「なるほど、なるほど……。ごめん、どういう世界観なのか、全然わからなかったよ」

神崎真桜さんはそう言って苦笑した。

おそらく、この会場にいるすべての人が同じ感想を持ったことだろう。

「ちなみに、その先輩っていうのは男性？」

「は、はい」

「どんな人なの？」

「面倒くさい人です。素直じゃないし、好き嫌いが多いし、融通が利かないし、突拍子《とっぴょうし》もないことを言い出したりするし」

さっきまでの緊張が嘘《うそ》のように、朝日《あさひ》さんはよどみなく話しはじめた。

妙に嬉《うれ》しそうに語っているが、推しの前で俺の欠点を列挙するのはご遠慮願いたい。

「あっ、でも、猫が好きだったりして、可愛《かわい》いところもあるんですよ。あと頭が良くて、優しくて、尊敬できるところもたくさんあります」

「そっかそっか～、青春だね～。なんでサンタさんに攫《さら》われてほしいのかはよくわからなかったけど、朝日ちゃんがその先輩に好意を持っていることはわかったよ」

そう言いながら神崎真桜《かんざきまお》さんは、なぜか自身が着けている指輪を外した。

「予定変更。この指輪はイベント用のプレゼントじゃなくて私物なんだけど、朝日ちゃんに進呈するね」

その瞬間、会場中でどよめきが起きた。

神崎真桜さんがずっと着けていた指輪だと……!?

羨ましすぎる……!!　ものすごくほしい……!!

朝日さんも信じられないらしく、リアクションに困っている。

すると、神崎真桜さんは朝日さんの左手を取り、小指に指輪をはめた。

はにゃあ

「知っている？　左の小指に着けた指輪は、恋の成就を願うものなんだよ。その先輩との恋、成就するといいね」

「い、いえ。わたしは先輩に恋してなんか……」

「そうなの？　じゃあ、指輪はいらない？」

「……よく考えたら恋をしていました。ありがたく頂戴します」

朝日《あさひ》さんは指輪ほしさに自分を偽ることにしたようだ。

現金な子である。

「ありがとうございました……」

頭を下げて戻ってきた朝日さんは、恍惚《こうこつ》の表情で着席した。

「それじゃあ、プレゼントが持ち越されたから、もう1つ短冊を選ぶね～」

神崎真桜《かんざきまお》さんはふたたび短冊を眺めはじめたが、結局俺の願い事が選ばれることはなかった。

☆　　☆　　☆

その後、神崎真桜さんは今年1年の活動を振り返ったり、持ち歌を歌ったり、愛猫《あいびょう》の自慢話を語ったりして、俺たちファンを楽しませ続けた。

そして開演から2時間が経《た》った頃、イベントは大盛況のまま幕を閉じた。

するとそこでスーツ姿の姉がステージ上に現われて、カメラを構えた。

神崎真桜さんが客席をバックにして、記念撮影をするようだ。撮った写真はSNSに上げるかもしれないらしい。

「みんなー！　今日は来てくれて本当にありがとう！　またどこかで会おうね！　バイバイ！」

「「「「バイバーイ!!」」」」

記念撮影を終えた神崎真桜さんは笑顔で手を振り、大歓声に見送られながら舞台袖に消えていった。

夢のような時間が終わり、背もたれに倒れ込む。

朝日さんも夢見心地《ゆめみごこち》のようで、席から立ち上がろうとしない。

「朝日さん、大丈夫？」

「もうダメです。骨抜きにされてしまって、動けません。ヘニョヘニョです」

「だろうな」

「真桜さん、超絶可愛《かわい》かったです。至近距離でご尊顔を目に焼き付けようと思ったんですけど、あまりに神々《こうごう》しすぎてまったく記憶に残ってません……」

「わかりみが深い」

会場内にはまだ観客がたくさんいる。もう少し余韻を楽しんでいても大丈夫だろう。

――と、そこで、少し離れたところに姉が1人で立っていることに気がついた。

姉は何か言いたげで、こちらに目で合図をしている。

「ごめん、朝日《あさひ》さん。ちょっとここで待っていてくれる？」

「わかりました～……」

朝日さんは上の空な返事をしてきた。イベント後に姉を紹介することになっているが、もう少し時間を置いた方が良さそうだ。

朝日さんを席に残し、1人で姉の元へ向かう。

「姉《ねえ》さん、よく俺の席がわかったね」

「何を言っているの。あたしが手配したチケットなんだから、席の番号を把握しているに決まっているじゃない」

「あっ、それもそうか」

「そんなことより、あんたの友達って女の子だったんだ？」

「そうだけど、言ってなかったっけ？」

「あのお願いのされ方だったら、男友達だと思うでしょうが。しかも、ものすごい美少女だし」

姉はなぜかジト目で睨《にら》んできた。

「あんた、今日のチケットをエサにして、あの子を落とそうとしているんじゃないでしょうね？　そういう下心があるなら、協力しなかったのに」

「そんなんじゃないよ。ていうか姉さん、こんなところで油を売っていていいの？」

「いいのよ。マネージャーってイベント中はやることないし」

「そうなの？」

「うん。特に真桜《まお》は手がかからないからね。あたしがいなくても勝手に裏からタクシーで帰るだろうし」

昨日みたいな大きいイベントだと、終わった後に便乗した取材があったりするんだけど、今日はそういうのもないからね」

「えっ？　イベント後に取材があるの？」

「そうよ。せっかくたくさんの声優さんが集まって、メイクもしているからね。SNSに投稿する動画インタビューとか、雑誌の取材とかがついでにあったりするの」

「へー。ぜんぜん知らなかった」

たしかに、取材のために有名な声優さんを何人も集めるのは大変だもんな。うまいことを考えるものだ。

「でもさ、それなら姉さんは今日、何をしに来たの？」

「一応何かあった時のためにって感じね。ヒマと言っても、細々《こまごま》した仕事はあるし」

「記念撮影の時のカメラマンみたいな？」

「そうそう。あの写真をSNSに上げる時は、あたしがチェックしなきゃいけないのよ。……んっ？」

感心している俺の横で、姉が急に不審そうな顔つきになった。

「あんたの友達、なんか絡まれてない？」

「――へっ？」

姉が指差す先を見ると、座席に座ったままの朝日《あさひ》さんが、30代前半くらいの見知らぬ男性に話しかけられていた。

会話内容はわからないが、一方的に話しかけられ、困惑しているようだ。

「迷惑なナンパかしら。あたしが対応しようか？」

「いや、とりあえず俺が状況を確認してくるから、姉《ねえ》さんはちょっと離れた場所で見ててよ。神崎真桜《かんざきまお》さんのマネージャーが出ていったら、面倒なことになるかもしれないし」

「了解。ヤバそうだったら呼んで。すぐに片付けるから」

空手の有段者である姉は、自信満々に言った。腕《うで》っ節《ぷし》が強ければボディガードとしても使えるからマネージャーになる上で有利だろうと考え、学生時代に道場に通っていたのである。

心強すぎる助《すけ》っ人《と》が背後にいる状態で、俺は朝日さんの元に戻る。

「あっ、先輩……」

朝日さんは弱々しい声を出したかと思うと、立ち上がって俺の背後に隠れた。

「どうかしたの？」

「この人に、真桜さんからもらった指輪を譲ってほしいと言われているんです。何度も無理だって言っているんですけど……」

「あー、そういうことか」

納得した。たしかに神崎真桜さんの私物の指輪は、この会場に来ていたすべてのファンにとって、喉から手が出るほどほしいものである。

譲ってもらえないかと交渉に来る人が1人くらいいても、おかしくないだろう。

「えっと、この子、指輪は譲りたくないみたいなんですけど」

「そこを何とか。言い値で買取りますから」

男性はしつこく食い下がってくる。ここは姉さんに任せて、朝日さんと2人で逃げ出すべきか？

しかし――。

「僕の方が真桜様を愛しているんだから、その指輪は僕が持つのがふさわしいと思うんです」

その瞬間、男性は聞き捨てならないセリフを吐いた。

頭に血が上った俺は、早口で主張する。

「神崎真桜《かんざきまお》さんへの愛の強さは、この子も負けていないと思います。神崎真桜さんがこれまでに出演したすべてのアニメを視聴していますし、神崎真桜さんがキャラクターボイスを担当しているすべてのゲームに手を出していますから。もちろん、出演しているラジオ番組はすべてチェックしていますし、動画サイトで生配信する際は必ずリアルタイムで視聴し、神崎真桜さんを褒《ほ》め称《たた》えるコメントを投稿しまくっています」

すると、男性は少し怯《ひる》んだ。

「た、たしかにやるね。僕は仕事の関係で、すべての生配信をリアルタイム視聴するのは無理だ……コメントしたいという気持ちはあるんだが……」

「だとしても、卑下《ひげ》する必要はありません。神崎真桜さんを愛する気持ちは、どれだけ時間を使ったかだけでは量れないんですから」

「先輩の言うとおりです。落ち込まないでください。次回の生配信の時にはお仕事が早く終わって、間に合うといいですね」

「あ、ありがとう……。その時はたくさんコメントするよ」

「さぁ、次はあなたのターンです。神崎真桜さんへの愛を主張してください」

俺がそう促すと、男性は少し悩んだ後、話しはじめる。

「関係するアニメやゲームやラジオをすべてチェックするのはもちろん、真桜様が出演するイベントに1つでも多く参加できるように、東京に引っ越してきた」

「なるほど。家賃が高くても、交通費を考えたら元を取れると考えたわけですね」

「それに、少しでも真桜様の近くに住みたいと考えたんだ。もしかしたら道で偶然すれ違ったりできるかもしれないし」

「ロマンチック……夢がある考え方ですね。先輩、わたしたちも高校を卒業したら東京の大学に進学しましょう」

「それもいいな。前向きに検討しよう」

「就職する場合は、時間に融通が利く職場がいいよ。僕は真桜様を応援するようになってから東京の会社に転職したんだけど、最初に勤めたところは毎週のように休日出勤があって、イベントに参加するのが大変だったから。今の会社は完全週休2日制だから、こうしてイベントに来られているんだけど」

「なんと、神崎真桜さんのために複数回の転職を……。ちなみに、指輪をこの子の言い値で買い取りたいということですが、ぶっちゃけた話、いくらまでなら出せるんですか？」

「そうだね……300万円くらいかな」

「けっこう出せますね……」

「真桜さんへの愛を感じます」

俺と朝日《あさひ》さんは妙に感心してしまった。

「君が真桜《まお》様から頂戴した指輪には国宝級の価値があり、日本円に換算すると3億円は下らないということは、もちろん理解している」

「3億か……」

「この指輪には値段の付けようがないですが、あえて金額を考えるなら、妥当なところだと思います」

「けれど、僕に出せる限界が300万円なんだ。どうか、譲ってもらえないだろうか」

「指輪を手に入れるためなら貯金すべてをなげうっても構わないという気持ち、死ぬほどわかります。できることなら俺も譲ってもらいたいですし」

「わたしもわかります。手に入れたのが自分じゃなかったら、その人を恨んでいたかもしれませんし」

「朝日《あさひ》さん、どうする？　300万円あれば、神崎《かんざき》真桜さんのイベントに行き放題だし、グッズも買い放題なわけだけど」

「先輩、愚問です。たとえ3億円を積まれようとも、お譲りする気はありません。この指輪は、真桜さんがわたしの恋の成就を願って贈ってくれたものなんです。第三者に売ってしまったら、真桜さんの気持ちを裏切ることになってしまいます」

朝日さんが強い口調で告げると、男性は目を見開いた。

「君の言う通りだ……。真桜様の意志に反することをすれば、悲しませることになってしまう……。僕が間違っていたよ」

「わかってくださって、ありがとうございます」

「いやいや。時間を取らせてしまって、すまなかったね。それじゃあ……」

男性は会釈程度に頭を下げ、回れ右をした。

「──あのっ！」

立ち去ろうとする男性の背中を、朝日さんが呼び止めた。

「指輪をお譲りすることはできませんが、せめて写真を撮っていきませんか？」

「──えっ⁉　いいのかい⁉」

「もちろんです。ありがたい指輪ですから、スマホに写真が入っているだけでも御利益《ごりやく》があると思います」

朝日さんはそう言って指輪を外し、男性に手渡した。

「ありがとう。それじゃあ遠慮なく、撮影させてもらうよ」

男性は自分の手のひらに載せた指輪に向けてスマホを構え、何度もシャッターを切った。

「……あのー、僕たちも撮らせてもらっていいですか？」

突然、背後から男性のグループに話しかけられた。

今のやり取りを遠巻きに聞いていた人たちが近づいてきて、撮影許可を求めてきたのだ。

「もちろんいいですよ。今日のイベントの思い出にしてください」

まった。

朝日《あさひ》さんが許可したため、神崎真桜《かんざきまお》さんの指輪はファンの間で回され、撮影会がはじ

撮影が終わるのを待つ間、俺たちは他のファンと今日のイベントの感想を言い合ったりして、交流を深めることになったのだった。

☆　☆　☆

指輪撮影会が終了したところで、俺たちは会場を出た。

「指輪を売ってほしいって言ってきた人、最初は怖かったけど、話してみたらけっこういい人でした」

「そうだな。神崎真桜さんのファンに悪い人はいないと思ったよ。朝日さんも含めてね」

「——えっ？　わたしですか？」

「うん。普通、神崎真桜さんから指輪をもらったら、他の人に触らせたくないと思うんだ。それを見ず知らずの人に貸し出すなんて、すごいと思う」

「そ、そうですか？　わたしとしては普通のことだったんですけど、先輩に褒《ほ》められると嬉《うれ》しいです……」

朝日さんは照れるように言って、自分の顔を両手で覆った。

するとそこで、あきれ顔の姉が近づいてきた。

「ようやく撮影会が終わったみたいね」

「うん。待たせちゃってごめん」

当然のように返事した俺に、朝日さんが緊張の面持ちで質問してくる。

「あの、先輩、もしかしてこちらの方は……」

「初めまして、大翔《ひろと》の姉です」

「やっぱり！　初めまして、朝日優衣奈《ゆいな》と申します！　本日はチケットを譲っていただき、本当にありがとうございました！　この御恩《ごおん》は一生忘れません！」

「そこまで大げさなことじゃないですよ。イベントは楽しんでもらえましたか？」

「はい！　最高でした！」

「それはよかった。……ところで大翔」

にこやかだった姉は俺の方に向き直り、表情を変える。

「今回は丸く収まったけど、ヤバい人かもしれなかったんだから、今後ああいうことがあったらすぐに逃げるなり、警備員を呼ぶなりしなさいよ」

「いやまぁ、すぐ近くに姉《ねえ》さんがいるから、大丈夫かと思ってさ。それに、せっかく今日のイベントは素晴らしかったんだから、嫌な思い出にしてほしくないと思ってさ」

「嫌な思い出？」

「うん。ちょっとしつこいところはあったけど、あの人は悪気なく、指輪がほしくて交渉しているだけだったからね。それなのに警備員を呼ばれたりしたら、嫌な気分になるでしょ？　せっかく神崎真桜《かんざきまお》さんのイベントを楽しみに来たんだから、最高の気分のまま帰ってほしいと思ってさ」

「絡んできた男性に配慮したってこと？」

「そうだね。それに、警備員を呼んだりすると、あの人の恨みを買うことになったかもしれないでしょ？

あの場を切り抜けられたとしても、朝日《あさひ》さんはステージに上がった時にフルネームを知られているから、ネットで検索されて、報復される恐れがある。そのリスクを排除したかったから、今回は警備員を呼ばない方が得策だと思ったんだよ」

「先輩、わたしのためにそこまで考えてくれていたんですか……!!」

説明を聞いた朝日さんは目を輝かせ、俺を見上げてきた。

その表情は、まるで恋をしている乙女《おとめ》のようで――。

「ちなみになんだけど、さっきステージ上で言っていた恋をしている先輩って、弟のことなの？」

姉が突然、朝日さんに突拍子《とっぴょうし》もない質問をした。

「ちちち、違います！　わたしは指輪がほしくて真桜さんに話を合わせただけで！」

「あー、まぁ、そうよね。弟みたいな頑固で気難しい人間と付き合いたい女の子なんて、いるわけないわよね」

姉は嘲笑しながら、俺の頭をポンポン叩《たた》く。

それを見た朝日さんは不満そうに唇をとがらせたが、姉に遠慮しているのか、それ以上は何も言わなかった。

☆　☆　☆

その後、俺たちは姉《ねえ》さんとしばらく談笑した後、東京駅に向かった。

もう少し観光する時間的な余裕はあるのだが、俺も朝日さんも疲れが溜《た》まっているし、明日も学校なので、早めに宮城《みやぎ》に帰ることに決めたのだ。

窓口に行って新幹線の時間を早めてもらった後、家族へのお土産《みやげ》を買って新幹線に乗り込んだ。

「……あの、先輩」

席に座って一段落したところで、朝日さんが覚悟を決めたような口調で切り出した。

「先ほどお姉さんが『弟みたいな頑固で気難しい人間と付き合いたい女の子なんて、いるわけない』とおっしゃっていたじゃないですか？

あの時は反論しませんでしたが、先輩はたしかに気難しいですけど、いいところもいっぱいあると思います。なのでわたしがという意味ではなく、一般論として、先輩と付き合いたいと思っている女の子はいっぱいいると思いますよ？」

「そっか。元気づけてくれて、ありがとう」

「軽く流さないでください。先輩に元気を出してもらうためにお世辞を言っているわけじゃなく、本心ですからね？」

「わかっているよ。……自分で言うと嫌味《いやみ》っぽく聞こえると思うけど、俺ってけっこうモテるし」

「あっ、そういえばそうでしたね。わたしが先輩のことを知ったキッカケも、盗撮先輩が噂《うわさ》していたからですし……」

そう言いながら、朝日《あさひ》さんは複雑そうな表情になった。

そんなに俺がモテることが意外だったのだろうか？

「……ところで先輩。わたし、真桜《まお》さんに先輩との恋の成就を願われてしまったんですけど、どうしましょうね？」

「どうしましょうと言うと？」

「もし先輩がわたし以外の誰かと付き合ったら、真桜さんの思いを踏みにじることになってしまうという意味です」

「というわけで先輩は、わたし以外の人と付き合っちゃダメですからね？」

朝日さんはそう言って、いたずらっ子のような笑みを浮かべた。

一見すると楽しそうだが、なぜか少し赤面している。

「その理屈でいくと、朝日さんも俺以外の人と付き合えないのでは？」

「それに関しては問題ありません。わたし、先輩以外に親しい異性はいませんし」

「だとしても、お嫁さんにしたいコンテスト1位なんだから、告白されることは多いんじゃないの？」

「知らない人に告白されてOKするわけないじゃないですか。そもそも、わたしと付き合えるのって、同じくらい真桜さんを愛している人だけだと思いますし……」

「たしかにな」

俺たちのような重度のオタクは、他人の趣味にかなり理解がある人と付き合わないと、長続きしない気はする。

「つまり朝日さんは、生涯誰とも恋愛するつもりはないってことか」

「――えっ？　先輩は今のわたしの発言を、どう解釈したんですか？」

「異性との出会いはすべて断ち切り、死ぬまで独身を貫く」

「斬新な解釈ですね……」

「言い方……」

「けれど、一生独り身なことにどこか寂しさを覚えていて、俺を道連れにしようとしているわけだろう？　もし俺に恋人ができたら、一緒にイベントに行けなくなるし」

「……そういう意味で言ったわけじゃなかったんですけど」

「じゃあ、他にどう解釈すればいいんだよ？」

「……そんなこと、わたしの口から言えるわけないじゃないですか。自分で考えてください……」

朝日《あさひ》さんは今にも消え入りそうな声でつぶやいたかと思うと、そっぽを向いてしまった。

なぜ急に機嫌が悪くなったのだろうか……。

「仕方ないな。それじゃあ仙台《せんだい》に着くまでの約2時間、この件についてじっくり考えるとしよう。朝日さんが俺以外の人と付き合えなくても問題ないと言ったことの真意は——」

「ところで先輩、今回の東京遠征はとっても楽しかったですね」

俺の発言を聞いた朝日さんが、慌てた様子で話しかけてきた。

まるで俺にじっくり考えられると困るようなリアクションだった。

「そうだな。2日連続で神崎真桜《かんざきまお》さんを拝めたのは言うまでもなく最高だったけど、朝日さんと一緒に来たおかげで、イベント以外の時間も楽しかったよ」

「そう言っていただけると嬉《うれ》しいです。ということは、先輩は今後もわたしと推し活をしてくれますよね？」

「……そうしたいのは山々なんだけど、今回の東京遠征で貯金が尽きたんだよな……」

「実はわたしもなんです。だから、帰ったら一緒にバイトを探しませんか？」

「同じところでバイトするってこと？」

「そうです。わたし、カフェで働いてみたいんですよね」

「俺は書店がいいかな」

「えー、カフェがいいですよー。制服が可愛《かわい》いじゃないですか」

「じゃあ別々にバイトしよう」

「1人は心細いから嫌です。一緒にバイトしてくれないなら、先輩が猫とたわむれている動画が全国に配信されることになるかもしれませんよ？」

「——はっ⁉」

一瞬、朝日さんが何を言っているのか、理解できなかった。

「いやいや、何を言っているんだ。あの動画は削除したはず——」

「甘いですね先輩。たしかにスマホからは消しましたが、データはクラウド上に残っているんですよ」

「な、なんだと……⁉」

「もっとも、わたしも家にあるパソコンを見て気づいたんですけどね。スマホのアルバムから削除した後、パソコンでも削除しないとデータが残り続ける設定になっていたみたいです」

朝日《あさひ》さんはそう言って、小さく舌を出した。

「約束が違うじゃないか。ちゃんとパソコンからもデータを削除しろよ」

「先輩、よく思い出してください。わたしたちがした約束は『わたしのスマホに入っている先輩関連の動画をすべて消去する』だったはずです。パソコンに保存されているデータは対象外です」

「あっ……」

たしかにそうだ。朝日さんが他の場所にデータのバックアップを取っておく可能性を、考えていなかった。

朝日さんはそんなことをしないと思っていたから、油断したのだ。

「……これは俺のミスだな」

「認めちゃうんですか。先輩は本当に可愛《かわい》いですね」

朝日さんはニヤニヤ笑いを浮かべ、楽しそうに宣言する。

「というわけで、わたしたちのバイト先はカフェに決まりですね」

「いや、でも、俺はカフェに何の興味もないんだが」

「先輩、よく考えてから発言してください。すべてのデータが残っているということは、猫耳や犬耳をつけた先輩の写真もわたしの手中ということなんですよ？」

「うぐっ……」

あの時は朝日さんが可愛すぎて冷静さを失っていたが、今になってみれば、とんでもない素材を提供していたんだな……。

「……わかった。バイト先はカフェでいいよ」

朝日さんが簡単に意見を変えないことは、この２ヶ月《かげつ》弱で思い知らされている。潔く諦めるとしよう。

でもせめて、本屋に併設されているカフェにしてもらおうかな……。

「それから……先輩に１つお願いがあるんですが」

なぜか緊張気味の朝日さんが、おずおずと切り出してきた。

「ん？　何？」

「先輩ってわたしのことをずっと『朝日さん』って呼んでいるじゃないですか？　これからは『優衣奈《ゆいな》』って呼び捨てにしてもらえませんか？」

「えっ？　なんで？」

「なんでもです。拒否するなら動画を流出させせます」

朝日さんは妙に早口で言って、なぜか少し恥ずかしそうに笑うのだった。

エピローグ

東京から帰ってきた日の夜。

旅行の後片付けが終わり、そろそろベッドに入ろうかと思っていたところで、姉から電話がかかってきた。

『さっき真桜《まお》から連絡が来たんだけど、今日のイベントの感想をエゴサーチしていて、朝日《あさひ》ちゃんが指輪の撮影会をしたことを知ったみたいなの。それで真桜があんたたちに興味を持っちゃったんだけど、もし冬休み中に都合がいい日があったら、私と真桜とあんたと朝日ちゃんの4人で食事でもしない？』

「………………ええっ⁉」

あとがき

本作の舞台は新型コロナウイルスによるパンデミックが発生しなかった現代日本です。この注釈をどこかに入れたかったのですが、本文で説明するのは無理だと判断し、ここに書かせていただきました。

こんにちは、文章担当の岩波零《いわなみりょう》です。好きなものはチョコミントです。

私は数年前からゲームシナリオを書く仕事もやっているのですが、あるとき取引先から「リアルイベントの関係者席を用意するので来ませんか」というお誘いを受けました。

当時の私は声優さんに詳しくなかったのですが、せっかくだからと参加してみた結果、見事に沼にハマりました。

推しができて以来、毎日が充実しています。もう元の生活には戻れません。

そんな経験から、推しを推すことをテーマにした本作を書くことになりました。

イラストを担当していただいた阿月唯《あづきゆい》様には、登場人物を非常に魅力的に描いていただきました。ヒロインが想像していた1兆倍くらい可愛《かわい》くて、本当に感謝しております。

また、この本を手に取ってくださったすべての読者様に最大限の感謝を申し上げます。

本作の2巻を出せるかどうかは1巻の売り上げ次第なのですが、またお会いできることを全力で願っております！

２０２０年12月　岩波零

MF文庫J

お嫁さんにしたいコンテスト1位の後輩に弱みを握られた

2021年1月25日　初版発行

著者　岩波零

発行者　青柳昌行

発行　株式会社KADOKAWA
〒102-8177 東京都千代田区富士見2-13-3
0570-002-301（ナビダイヤル）

印刷　株式会社廣済堂

製本　株式会社廣済堂

Printed in Japan　ISBN 978-4-04-680162-3 C0193

◇◇◇

【 ファンレター、作品のご感想をお待ちしています 】
〒102-0071 東京都千代田区富士見2-13-12
株式会社KADOKAWA　MF文庫J編集部気付「岩波零先生」係　「阿月唯先生」係